图说 红色家书

张丁　编著

中国人民大学出版社

·北京·

前　言

家书是写给亲人的书信，是写信人内心世界的反映。与那些宏大叙事和其他文体相比，家书里所反映的思想更真实，情感更细腻。

作为社会的先进群体，共产党员同样有着丰富的内心世界，从这些家书中可以看出，作为中华民族的杰出代表，一代又一代共产党人和革命军人是怎样克服各种困难，不断取得胜利的。他们所表现出来的对共产主义事业的坚定信念、对家人亲友的醇厚亲情、面对各种复杂环境时内心的矛盾和挣扎，都是鲜活生动、实实在在、触手可及的。

本书共收录45个家庭的60封家书，家书的作者都是中共党员和追求进步的人士，既包括陶铸、邓子恢、滕代远、帅孟奇、周扬等老一辈革命家，也包括陆更夫、左权、冯庭楷、许英、鹿鸣坤等革命烈士，还有很多为中华民族的解放、新中国建设和改革开放事业付出艰辛努力乃至生命的普通党员。他们为了实现自己的政治理想，付出了鲜血和汗水，他们的价值观与党的宗旨是一致的，他们为党旗、国旗和军旗增添了光彩。

我们把他们留下的家书称为"红色家书"，家书朴实的语言、真挚的情感，体现了家书作者爱党爱国爱家的赤子之心，体现了他们为了革命胜利和祖国富强不惜英勇献身的豪情壮志。从这些家书和感人故事中，我们收获的不仅是震撼和铭记，还有奋进的力量。让我们先来撷取几段家书里的文字，感受家书作者的家国情怀：

今冬怎样？手脚没有冻坏吧？前寄的小棉衣能穿吗？经常希望着你及北北都能很好，经常希望着知道你及北北的一切。（1942年1月13日左权致妻子刘志兰）

妈妈，我们应擦干自己的眼泪。我万一不幸为人民战死，那也无须乎哭。你看，疆场上躺着的那些死尸，哪一个不是他妈妈的爱儿？（1946年4月25日冯庭楷致兄长）

为着母亲的幸福，为着全人类的自由解放，我情愿以死杀敌，我的光荣正是母亲的光荣，全家的光荣。（1948年8月20日许英致母亲）

这次我们都去锻炼，你是在战争环境锻炼，我是在空战当中锻炼，你望我当英雄，我望你争取入党称〔成〕模范。（1951年9月21日鹿鸣坤致未婚妻朱锦翔）

为了党增添了血液，为了我们弟兄永远为共产主义事业献身，我要向您祝贺，祝贺礼是给着邮局寄去款贰拾圆。（1959年4月5日张凤九致哥哥张伶九）

有着多年党龄的我和你妈衷心企望你做出正确的抉择，树立为共产主义奋斗终身〔生〕的崇高理想，早日成为中共的忠诚战士！（1994年6月21日何显斌致女儿何金慧）

捧读这些家书，我们可以感受到家书作者的热血和激情，他们对信仰的执着追求和无私奉献，面对强敌的英勇无畏和勇于牺牲，以及在平凡岗位上的勤奋坚守和鞠躬尽瘁。在轰轰烈烈的反帝反封建的大革命中，在艰苦卓绝的土地革命时期，在浴血奋战的抗日战争中，在硝烟弥漫的解放全中国的战场上，在激情满怀的新中国建设中，在改革开放的伟大实践中，无数共产党人和革命军人为挽救民族危亡而舍生取义，为救民众于水火而抛头颅洒热血，为民族富强和人民幸福而呕心沥血，谱写了许多惊天动地、可歌可泣的事迹。

习近平总书记在庆祝中国共产党成立95周年大会上的讲话中指出："95年来，一代又一代优秀中国共产党人，为祖国和人民无私奉献，生动展示了共产党人的为民情怀、高尚情操。"红色家书是先辈留给我们的一份重要的精神遗产，从中可以看出他们对革命事业的矢志不渝、对革命理想的坚定不移。革命先辈的事迹，我们永志不忘；革命先辈的理想，我们代代承继。

不忘初心、继续前进，是时代赋予新时期共产党人的历史使命。今天，虽然世情、国情、党情发生了很大变化，当代共产党人、当代军人仍然需要以拳拳之心孜孜奋斗，让理想信念的旗帜高高飘扬，让追求崇高的精神代代相传，为实现中华民族伟大复兴的中国梦而努力奋斗。

打开岁月尘封的记忆，追寻先进群体的思想轨迹；触摸我们身边的历史，汲取继续前行的精神力量。衷心感谢为本书提供家书原件和老照片的各位朋友，他们或为家书当事人，或为当事人的后代。正是他们的无私捐赠，才使我们这一次精神之旅成为可能。缅怀先烈，致敬英雄，不仅在纸上，更在心里。

让我们打开这些写满岁月沧桑的家书，走进家书当事人的内心世界吧……

张丁

2016年7月

编 写 说 明

一、本书所选家书是从抢救民间家书项目组委会所征集的五万封家书中选择出来的，均经过家书捐赠者授权发表。

二、本书共收录45个家庭的60封家书，分为三编，即忠信笃敬 鞠躬尽瘁；峥嵘岁月 血沃中华；追求崇高 勤力奉献。每篇家书故事均由家书原图、家书原文和家书背景组成，并穿插相关人物照片，注释采用脚注。

三、各篇及同一人的家书排列以写作时间先后为序。

四、收入本书的每封家书几乎都有家书原图相对应。因作者文字水平各异，语言习惯不同，家书原文中有些词句略欠规范。为保持家书文本原貌，本书对家书原文不作删节和改动。

五、家书是社会现实的反映，有些家书从语言到情感均带有鲜明的时代特色，为了尊重历史，本书对家书原文不作改动。

六、家书原文中明显的错别字、漏字、衍字分别用〔 〕〈 〉[ ]表示。

七、家书原文中缺字、模糊不清和难以辨认的字用□□表示。

八、家书原文中（ ）里的文字为家书作者本人的注释。

九、家书原文中有些标点比较随意，甚至有错误，本书按照规范作了少许改动。

十、在20世纪五六十年代以前的家书原文中，结构助词"的"、"地"、"得"的用法区分不太严格，本书释文均不作改动。

十一、在一些时间较早的家书原文中，"他"、"她"、"那"、"哪"、"象"、"像"、"其它"、"其他"不分，本书释文均不作改动。

十二、一些时间较早的家书原文中对父母等长辈称"你"、"你们"，属于作者所在地区的语言习惯，并非不加尊敬，本书释文均不作改动。

目　录

下编　追求崇高　勤力奉献

上 编

忠信笃敬 鞠躬尽瘁

北伐家书

1926年11月6日 陆更夫致弟弟陆承志

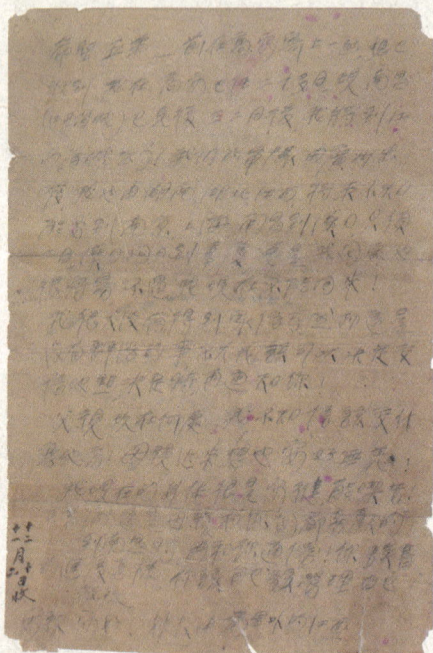

▲ 正面

▲ 背面

家书原文

希圣五弟：

　　前在高安寄上一函，想已收到。我在高安已住二十多日，现南昌（江西省城）已克复，三、二日后，我将到江西省城去了！我们的军队由广州出发，我也由湖南，湖北，江西，将来不知能否到南京、上海。南昌到汉口只须〔需〕二日，汉口四日到重庆，要是我回家也很容易，不过我现在不能回来！

我很久没有得到家信了，然而这是没有办法的事，不久我该可以决定交信地点，决定时再通知你！

父亲现在何处？我不知信该交什么地方！母亲近来想也安好无恙！

我现在的身体很是安健，能吃苦！不害病，这是母亲和你们都喜欢的！

到南昌时再和你通信！你读书的进度怎样？你该自己管理自己！

　　敬祝
母亲安好！

更夫　由万里外的江西

1926年11月6日

▲ 陆更夫（左）在黄埔军校四期时与战友留影

家书背景

这封家书写于北伐战争途中，是陆更夫烈士所寄诸多家信中唯一幸存的遗墨，孤品。正面是家信全文，背面绘制了北伐战争进军线路略图，地图旁边用小字标注："南昌文物'滕王阁'被军阀所毁，实在可惜！"2005年6月，为响应抢救家书的号召，陆更夫烈士的侄子陆能亲自把伯父这封珍贵的家书送到了北京，捐赠给了抢救民间家书项目组委会。这封家书2006年5月作为首批民间家书之一被国家博物馆收藏。

陆更夫，1906年生于四川省叙永县。1920年考入叙永联立中学（现叙永一中），1923年考入国立成都高等师范学校，同年加入中国社会主义青年团。在校受恽代英、萧楚女等老师影响，创办了《心波》《红涛周刊》等革命刊物，宣传革命。1925年考入黄埔军校四期政治科，同年加入中国共产党。次年毕业，分配在叶挺独立团做政治工作，参加北伐战争。

陆更夫随北伐军从广州出发转战数省，最后胜利到达武汉。1927年在中央军事政治学校武汉分校工作。当时，"陆更夫和陈毅是学校党的负责人"（徐向前元帅语）。陆更夫时任政治部宣传科科长，主编《革命生活日刊》，曾任军校"讨蒋大会"筹备委员特别总部负责人，其间曾多次署名发表

▲ 陆更夫于黄埔军校武汉分校留影，摄于1927年

▲ 陆更夫烈士家属合影，中排左为陆更夫大姐陆承雯，右为陆更夫弟弟陆达夫，中为弟媳章文，后排右为陆能，左为陆能母亲孙竞侠，前排男孩为陆能的儿子陆逊，女孩为陆能的侄女陆刘兴，摄于1985年

《斥蒋介石！》《再斥蒋介石！》《蒋校长到何处去了！》等讨蒋檄文，轰动武汉。

　　1927年底，陆更夫南征回广州，与徐向前、程子华等一起领导了广州起义。陆更夫任教导团一连连长，带队攻打市公安局。叶剑英元帅曾高度评价："陆更夫很有才华，能说会写。"在广州起义中，陆更夫的女友郑梅先在战斗中牺牲。他强忍悲痛，带领战士们攻占了市公安局，完成了上级布置的任务。广州起义失败后，"由袁国平、叶镛、陆更夫等同志把剩下的部队带到了海陆丰去了"（黄克诚语）。他们在海陆丰根据地与彭湃会合，成立了红四师，徐向前是十团党代表，陆更夫是十一团党代表，后徐向前任师参谋长，陆更夫任师政治部主任。[1]

———————————

[1] 参见朱道南：《在大革命的洪流中》，上海，上海文艺出版社，1961。

1928年陆更夫受中央指派，赴苏联莫斯科中山大学深造。1930年回国，先在中共北方局搞党务工作，后调上海，在周恩来领导下的中央军委工作。1931年10月，受中央指派，陆更夫任中央巡视员到广东检查军事工作，同年12月任中共两广省委书记。

1932年3月，中共两广省委在广州召开常委会时，因省委一委员被捕叛变，省委机关遭破坏，陆更夫等四位常委均被捕入狱。7月15日，陆更夫在广州东郊石牌村从容就义，年仅26岁。

1952年，陆更夫的弟弟陆承志曾将他精心保存的武汉军校《革命生活日刊》几十期合订本捐赠给中国革命博物馆收藏，中国人民大学党史系主任胡华教授回信说："感谢你们保存令兄陆更夫烈士的遗物的功绩及捐赠给我党中央的厚意……令兄陆更夫同志是1927年广州起义的领导者之一……"①

新中国成立后，陆更夫的母亲严兆莲仍健在。叙永县委、县政府非常照顾烈士母亲，逢年过节，县领导都会登门拜望，并送去礼品，这对老人家是极大的安慰。严兆莲直到90高龄去世，一直得到政府的关怀和尊重。

---

①《胡华文集》，第六卷，8页，北京，中国人民大学出版社，2013。

不做时代的落伍者

1937年4月18日 韩雅兰致父母亲

家书原文

亲爱的父亲、母亲：

 儿过去曾寄过几次信给大人，想早赐阅矣。但至今未见大人的训示，想大人必因儿不告而走之故怪罪于儿，生气不理了，所以儿对此点终不能安心。

最近有友人从西安来此，听说父亲和母亲对儿之走很觉伤心，祖母恐怕更难过？儿听了，心中也万分凄惨。大人平时想最知儿之心情，也最疼爱儿的，这点儿早已深知，同时也是儿一往对家庭留恋的主要原因之一。当那年玉妹被捕之事发生①，大人连年节都不过了，星夜的赶到上海，为她设法，使儿等更感到父母爱儿女之心太迫切了。那时父亲回家后，曾给儿一信，嘱咐儿应安心读书，不要再像玉妹一样教大人担心睡不着。那时儿接读信后，难过了几天，想想我们真有点对不住父母之爱。此后儿是时刻都不会忘记父亲痛心的话。然而儿不愿作个时代的落伍者，不愿落人后，同时又被情感支配着，这极痛苦大人是不会了解的。谁料前年又遭受圣域这样的侮辱②。为了不愿使大人难过，为了孩子的问题，忍耐一切痛苦到现在。但是从那时起，儿已认清自己应走的正大的光明的道路，更认清了一个女子不应只靠一个丈夫。若完全依靠丈夫，结果会落得求死不得求生不能的苦境。亲爱的慈祥的父亲母亲，假如儿没有大人的疼爱和体贴，假如没有求得一点不受人欺侮的知识，那儿现在也只有死路一条了！圣域他固然给了我苦头吃，然而他也毁灭了他自己。儿想，他所受的损失或者比儿还要大呢。儿已受够了痛苦，儿不能就这样消沉下去，自己毁灭自己。儿应走自己应走的道路，光明的有真理的道路。儿要为改造不合理的社会而奋斗，为后来女子求幸福，也要和男子一样为国家民族求解放，作一点有意义的事业，总比被人家气死有价值的多。这就是儿此次来延安的主要因原，请大人想

①指写信人的弟媳杨玉珊，1927年加入中国共产党，1934年在上海被捕。当时写信人的弟弟在国外上学，其父得知这个消息后，抛下全家老小，孤身一人赶往南京、上海，企图设法营救，未果。
②此处指1935年写信人的丈夫王圣域纳妾之事。

▲ 韩雅兰、王圣域赴上海读书前夕与家人合影，摄于1930年

想，章乃器、沈钧儒[1]他们都起来挽救国家，儿受家庭社会的养育一场，怎能坐视不顾？所以儿决定来此学习一点真实学问，去应社会，求中国民族解放的方法。

　　大人爱儿也必知儿之性，对任何事，决不会轻举妄动，儿都经过长期的考虑过。这次到三原晓得了此地招生的事，儿曾经仔细的考虑过后才决定走的。因为时间的关系，不能回西安面商于大人。想大人看现在全国人民抗日的热情，也许会不再生儿之气。总之，儿不是不懂事的，盲目的瞎跟人跑的，跟人说的，儿现在所走的爱国的路，想必能得社会人士的谅解的。恳祈大人恕儿不告之罪，而仍以从前的爱儿之心来爱儿，则儿幸甚。

---

[1] 指1936年11月23日救国会的主要负责人沈钧儒、章乃器、邹韬奋、李公朴、沙千里、王造时、史良等七人被国民党政府逮捕之事，史称"七君子事件"。

这里^①的物质生活比较外边苦些，但精神方面则比外边快乐的多。什么话都可讲，很自由很坦白。凡是到这里来参观的没有不对这里发生好感的。前天来了两位大学教授，同时也是申报周刊编辑，他们参观的结果，印象非常的好，今天已经走了。最近外边到此地来的参观的非常多，时常有人来。

这里学校对于学习方面，教员讲的很好，同时很注重研究性质，学生能充分发表自己的意见，因此得的益处很多。儿觉得在这里的几月学习比外边学校几年的学习还要得的益处多。

由西安来的学生很多，各地都有，赵师长的女和子^②都在这里，好些熟人，所以请大人放心。不要以为儿作的不对。这样多的人都和儿所作的一样，此地女生已有三四十人。敬祝
健安

飘泊的女儿^③敬禀

4.18

家书背景

这封家书是韩雅兰从陕北延安写给父母亲的，时间是1937年4月18日。这封家书被韩雅兰的儿子韩蒲珍藏了60余年，2010年捐赠给了中国人民大学家书博物馆。

---

① 指陕北延安和中国人民抗日军政大学（简称抗大）。

② 指杨虎城部38军第17师师长赵寿山。抗战期间，原杨部被改编为38军和96军，赵任38军军长。他1941年加入中国共产党，解放战争期间任西北野战军副司令员，新中国成立后先后任青海省人民政府主席、陕西省省长等职。其女指赵铭锦，当时也在抗大第二期第四大队女生区队学习。其子指赵元介，抗大毕业，长期从事戏曲教育工作。

③ 指韩雅兰。

韩雅兰，1905年生于陕西省蒲城县。20世纪20年代在陕西省立女子师范学校上学期间参加中国共产党。大革命失败后，与丈夫王圣域一起赴上海，后入复旦大学中国文学系学习。1936年6月从复旦大学毕业，同年秋返回西安，在西安女子中学教书。1936年底，赴延安参加抗大第二期学习。抗大第二期是1937年1月开学到8月结束，韩雅兰是抗大第二期第四大队女生区队的学员。

韩雅兰走之前没有将此事告知父母，到延安后虽曾几次写信回家说明，但一直未接回信。她怕老人生气，故于4月18日写了这封信，详细讲述了自己去延安的缘由并介绍延安抗大的情况，以便让父母谅解、放心。

二十一年十一月摄於首都留俗何萧珍存

望尘志

一九三二

1937年"七七事变"全面抗战爆发后，韩雅兰奉党的指示返回西安从事地下工作，参加陕西妇女抗日救亡运动。后患病，于1943年6月病逝，终年38岁。

韩雅兰的父亲叫韩望尘，母亲叫原蕙。韩望尘生于1888年，原籍陕西省蒲城县高阁韩家村。1907年入陕西省第一师范学堂学习，在此期间参加了同盟会。辛亥革命期间，积极参加了陕西的反清革命活动。1913年东渡日本留学，1916年回国，参加反对袁世凯和北洋军阀的斗争。1918年于右任响应孙中山护法号召，组建陕西靖国军，反对北洋军阀，韩望尘在靖

不做时代的落伍者

国军第三路军第一支队杨虎城部工作。1930年，杨虎城率十七路军回陕主政，韩望尘出任陕西省烟酒印花税局局长、西安绥靖公署参议等职。西安事变期间，他支持张、杨的义举，响应中共对西安事变和平解决的号召。西安事变后，他出任《西北文化日报》总社长，坚持宣传抗日救亡活动，帮助中共地下党组织做了许多有益的工作。抗日战争胜利前后，他与杜斌丞、杨明轩一起参加中国民主同盟西北总支部的筹划和建立工作，担任总支部财务委员。

新中国成立后，韩望尘担任陕西省人民政府委员，陕西省工商联主任委员，全国工商联副主任委员，中国民主建国会中央常务委员，全国人民代表大会第一、二、三届代表和西安市副市长。1970年被推举为第四届全国人大陕西省特邀代表，次年9月病逝，享年83岁。

▲ 陕西妇女界代表与丁玲（着军装）合影，丁玲右后方为韩雅兰，抗战初期摄于西安

你完全把家庭抛弃了

1940年旧历九月廿四 周继芳致儿子周扬

延安边区教育厅 远

周杨 先生 收

蔚南盘阳新市渡周兴仁堂寄

祝你平安

母字古九月廿四日亲笔写得不好看完烧样

家书原文

运宜，我最亲爱的：

满儿六年没有看见你了，你记得有母亲妻子吗？为什么不回家一转呢？不但不回，连信都没有回过许多，你完全把家庭抛弃了。你父亲去世你只有两岁，你哥哥五岁，辛辛苦苦抚养你们，送你们读书，只想后来享你们的福，谁知近来景况比前更加苦极了。

我年近六十，身体大不如前，去年病一次今年又病了一次，心中非常焦燥〔躁〕。你哥哥虽然隔得很近，他也半年来回一转，他也病了一次，因为他自己不保养身体。中秋节后到耒阳受训去了有三月之久，非常辛苦。我很挂念他，加以时局又不好，我家尽是妇女和小孩子，没有一个贴心的人招扶我们，只能听天由命。

现在我家男女工都没有请，因为他们的工价很贵，每个人要贰几块钱一天。惟有淑媛实在可怜，每日也要煮饭洗衣，他〔她〕又多病，时常气痛，肚子胞得很大，得闲时坐在我房中，题〔提〕起你总是眼泪双流。约瑟①坐在他母亲身边，也放声大哭起来，一路哭一路讲：妈妈你老不要气，我们兄弟长大了一同到我父亲那里去。铁石心肠看了也难过，你总要回家一转就好，如暂不能回，你要时常写信安慰他〔她〕一下。

爱、迈②读书都很有进步，你女儿很知事，在蔚南读书，回家就帮他〔她〕母亲做事。你嫂嫂现在也要做粗事，佩华丽华均在蔚南读书，铁武正武也在岭南公族学堂读书，他们都很聪明。

---

① 约瑟，指周扬的三子周岳，1934年生，曾任河北经济学院教授。
② 爱、迈，指周扬的长子周艾若和次子周迈。周艾若，1927年出生，1948年参加革命，曾任中国作协鲁迅文学院副院长。周迈，1931年生，曾任国家教委研究员。

你姊姊他们很好，有莱兄弟都孝顺他的母亲，他的媳妇也力量，每日只带带孙儿，他也清闲。

你大舅父他家运也不好，大舅母已经去世。现在你大舅父在蔚南教书，他们一家人都住在板子硚。毓南夫妇也在蔚南教书，现在他有一个小孩子。我家中人都好，你不要挂念，你在外千万要好些保养身体，凡事要小心，望你常常写信寄来，免我时刻挂念。此嘱

祝你平安

母字

古九月廿四日①

亲笔写得不好，看完烧掉

家书背景

这是母亲周继芳写给儿子周扬的一封家书，很是珍贵。

周扬（1908—1989），原名周运宜，字起应，湖南益阳人。文艺理论家、文学翻译家、文艺活动家。1927年5月在上海参加中国共产党。1928年冬留学日本。1930年回上海，参加领导中国左翼文艺运动。1937年9月赴延安，历任陕甘宁边区教育厅长、鲁迅艺术文学院院长、延安大学校长、《文艺战线》主编等职。中华人民共和国成立后，任中央宣传部副部长，文化部副部长、党组书记，中国作家协会副主席。"文革"中，遭诬陷入狱。粉碎"四人帮"后，重新走上工作岗位，担任中国社会科学院副院长、中国文联党组书记、中国作协副主席、中宣部副部长、中顾委委员等职。

周扬的母亲原名刘喜菊，嫁给周扬的父亲周稚仙后从夫姓，改名周继

①据考证，此信写于1940年。

你完全把家庭抛弃了

芳。周继芳是大家庭出身，父亲在广东当过县令，她读过私塾，且文化水平不低。从家书末尾的留言来看，此信为周继芳亲笔所写，毛笔小楷，工整流畅。

信中的"淑媛"即周扬的结发妻子吴淑媛，1907年生，出身官宦人家，父亲吴家榜曾任清末长江水师提督，一品大员。她16岁时与周扬结婚，两人十分恩爱。从1927年周扬到上海从事革命工作开始到1934年，吴淑媛一直与周扬住在上海，以自己家族雄厚的资金支持周扬从事革命工作，自己也以各种方式为周扬作掩护。1934年深秋，吴淑媛因即将分娩，周扬送她和孩子回湖南老家。周扬临走时，给吴淑媛留下一本浅绿色的信笺纸，说："你要常给我写信哦！"吴淑媛万万没有想到，她和丈夫之间以后只能是信笺上来往的夫妻了。她当时更没想到，此行一别竟成永诀。周扬爱吃吴淑媛做的甘草梅，就是把新鲜的梅子泡在蜜里做成的一种蜜饯。吴淑媛托人买来最好的梅子，每年夏天一如既往地做着她的甘草梅，等着她的丈夫回来享用。直到1941年，她做了整整七坛梅子。这年的一天，她从报纸上得知周扬又有了家室。1942年春，吴淑媛在对周扬的思念与病困中撒手人寰。

1934年，周扬把吴淑媛母子送回益阳后，另一个女人走进了他的生活圈，她就是苏灵扬。

苏灵扬原名苏美玉。1914年生于常熟石梅，1932年考入了上海光

▲ 周扬书法

华大学教育系。受进步力量的影响，她以苏灵扬的名字秘密参加了革命文艺活动。在与左联的接触中，她认识了左联党团书记周扬。共同的志向使两人越走越近，并产生了感情。1934年，苏灵扬与周扬结合。在周扬的影响下，苏灵扬积极投身于革命工作。

1937年9月，苏灵扬跟随周扬抵达延安，先后在抗日军政大学和马列学院学习，1938年入党。1943年，周扬任延安大学校长兼鲁艺院长，苏灵扬在鲁艺担任女生指导员。新中国成立后，她长期在教育系统工作，曾担任北师大女附中校长。"文革"中遭受迫害，坚强不屈。粉碎"四人帮"后，苏灵扬恢复工作，曾任教育部巡视组组长、全国中学语文教学研究会副会长，为振兴和发展青少年教育事业继续发挥余热。1989年9月逝世。

▲ 2007年3月7日是周扬夫人吴淑媛女士100周年的诞辰。周艾若、周迈、周岳等周扬后人前往湖南益阳赫山区新市渡镇田庄湾周扬故居，深切缅怀这位平凡而伟大的母亲

你完全把家庭抛弃了

兄弟革命母光荣

1949年7月1日 钟敬之致弟弟钟敬又

明弟①：

我已于我军占领上海的第二天（上月廿六日）到了上海。因为开始工作就忙，曾经派人去找你，没有找到。后来自己去找，才见到你的朋友茹铁珊。他告诉我，你已离开这里，可能去浙东参加工作。真使我一则以喜，因为你终于走上了革命的道路；一则以闷，因为我好容易回到上海，而你却〈不〉巧又走了！

你二三月间给我的信，是我这次从东北到北平时，辗转转到我〈手〉的。我们离别十多年，我没有给你多少影响，但你能在自己的努力下，进步成长起来，我们终于走上了同一条道路，这是何等愉快的事！希望你好好学习，努力改造自己，在革命队伍里锻炼锻炼，更重要的还是要靠自己的努力。目前形势发展很快，全国胜利就在眼前，你能赶紧跟上去，并不为晚。你现在正参加着学习，机会是很好的，应该趁此好好清算一下过去，多多接受一些新的东西，不要怕困难，不要怕受锉〔挫〕折，勇干

▲ 钟敬又从皖南部队去上海时留影，摄于1949年9月

① 指钟敬之的弟弟钟敬又，是他对弟弟小名"明郎"的昵称。钟敬又，1927年生于浙江嵊州，新中国成立前参加江南游击队，后长期从事文化工作，现为中国电影家协会离休干部。

兄弟革命母光荣

〔敢〕地去改造自己，以便为人民服务得更好些。

今天接到渭臣①来信，说母亲接到我的信后，很高兴，那也是自然的。同时，又接到了你的信，他有两个儿子都参加了革命的队伍，确实是值得光荣的。按照目前的情况说，母亲是不致太受苦了，你也可以放心学习下去。

我现在上海文管会文艺处任副处长，专管电影部门的工作。现在接管工作开始不久，一直是忙个不停，大概还得有个时期才能上轨道些。

在前些时见到过云达②，也谈到你过去一些情形。以后乞多来

▲ 解放上海的入城式，在军管会文艺处的车上，前排右起为夏衍、钟敬之、蔡贲、于伶，摄于1949年5月

①渭臣，钟敬又的二姐夫。
②云达，钟敬之的朋友。

信，更希望你多告诉我一些关于你的思想及动态。

你们何时学习期满？以后的工作如何分配，亦乞见告。也许你们会西进吧，那也很好，你倒可以早点去见见祖恩兄和霞姊他们！

来信请寄"上海军事管制委员会文化教育管理委员会文艺处钟敬之收"。

草草先奉数字。即祝

努力进步

兄　敬之

七月一日

▲ 钟敬之与母亲阔别12年后在上海会面，摄于1949年6月

▲ 全家福，前坐者为母亲，后排右一为钟敬又，右二为钟敬之，1952年冬摄于北京

兄弟革命母光荣

家书背景

　　钟敬之（1910—1998），浙江嵊州人，是我国著名的电影教育家、电影事业家和舞台美术家。1934年参加革命，同年加入左联和左翼剧联。1938年加入中国共产党。任延安鲁艺实验剧团、鲁艺美术工厂（研究室）主任。1946年起，钟敬之转入电影岗位，先后担任延安电影制片厂、东北电影制片厂领导成员。新中国成立后，曾任上海电影制片厂常务副厂长，北京电影学院党委书记、常务副院长，是新中国电影高等教育事业的奠基人之一。

　　1949年5月，离开家乡12年参加革命的钟敬之随解放大军进驻上海，任军管会文艺处副处长，参与对国民党官僚资本电影机构的接管工作。在繁忙的工作之余，他给母亲和弟弟分别写了一封信，告知自己的近况，表达了对母亲、弟弟、姐妹的思念与牵挂。不久，钟敬之将母亲接到上海居住，年逾花甲的老人终于结束了十多年来苦难频仍、骨肉离散的悲惨生活。后来钟敬之调至北京工作，母亲随同来京团聚，安度晚年。

我们这次暂时不能见面

1949年10月24日 成冲霄致妻子刘时芬

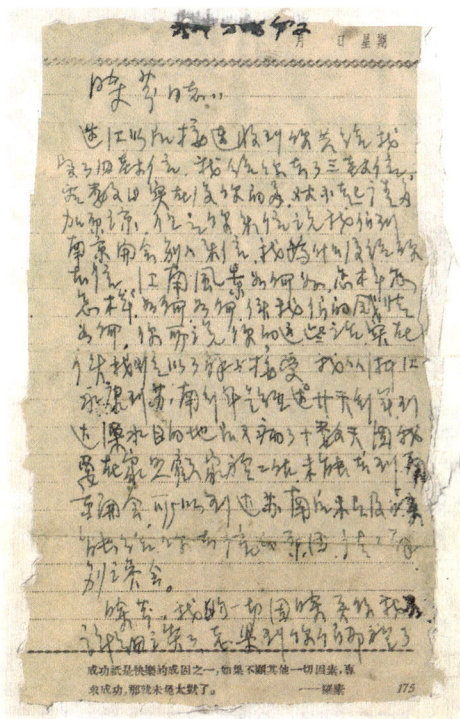

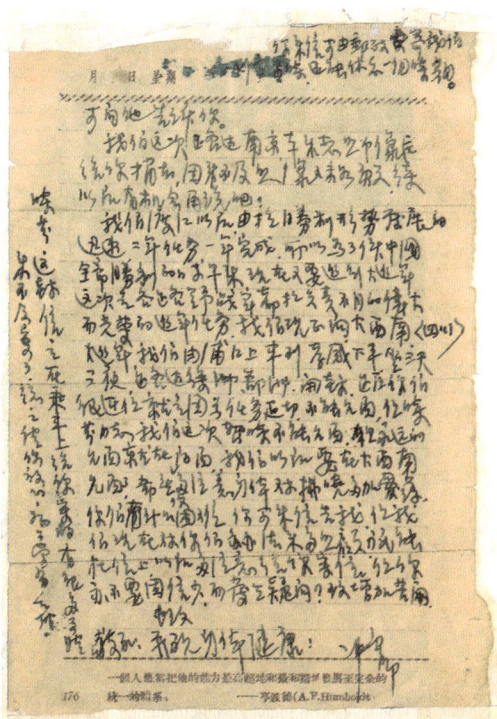

成功就是快乐的成因之一，如果不顾其他一切因素，要求成功，那就未免太蠢了。 ——罗素   175

176   一个人能写把他的能力与基金相适和随伴但属完全金的统一。——亨波德(A.F.Humboldt)

家书原文

时芬同志：

  过江以后接连收到你共给我写了四封信，我给你去了三封信，看数目实在没你的多，对不起，请多加原谅。

  但是你来信说我们到南京开会，别人来信，我为什么没给你去信，江南风景如何好，怎样怎样，如何如何，我们的感情如何如何，你所说，你的这些话，实在让我难以了解与接受。我从浙江永康到苏南行军，是经过廿天行军，到达溧水目的地后又病了十数天，因我要在家里照顾家里工作，未能去到南京开会，所以到达苏南后未有及时能给你去信的原因，请了解，别误会。

时芬，我的一切因时〈间〉关系，我不详细谈了，老梁到你们那里了，可问他告诉你。

我们这次路过南京，本来想照个像〔相〕片给你捎去，因来

▲ 成冲霄从朝鲜回国留影，摄于1954年

不及照相，又未如愿，待以后有机会再说吧！

我们渡江以后，由于胜利形势发展的迅速，二年任务一年完成，所以为了中国全部胜利的日子早来，现在又要进行大进军。这次是各路野战军都相负责不同的伟大而光荣的进军任务。我们现在正向大西南（四川）大进军。我们由浦口上车到孝感下车，坐三天三夜，路过徐州、郑州、开封，距你们很近，但就是因为任务迫切，不能见面。但时芬同志，我们这次暂时不能见面，但永远的见面就在后面，我们以后要在大西南见面了。希望多注意身体，对拂晓多加爱护。你们有什么困难，你可来信告我，但我们现在对你们亦〈无〉办法来多照顾，只能在信上。以后多注意给你写信，但你亦不要因信少，而发生疑问，致增加苦闷。

此致
敬礼，并祝身体健康！

冲霄　即

时芬，这封信是在乘车上给你写的，有很多事情来不及写了，总之请你放心，好好学习工作。

你来信可由邮政寄我们，到宜昌时，还能休息一个时期。

我们这次暂时不能见面

家书背景

这是1949年10月解放军某部指挥员成冲霄写给妻子刘时芬的一封战地家书，当时是写在随身携带的笔记本上，撕下来寄出的。

成冲霄（1917—1991），河北省永年县人，1938年5月参军，同年8月加入中国共产党。生前曾任第12野战军政委、军长，南京军区后勤部部长，南京军区党委常委等职。

刘时芬，1926年生于河北省永年县。1945年参军，1950年入党。1952年赴朝参战，1954年转业到地方工作，离休后在南京军区某干休所安度晚年。

▲ 1964年大比武时，12军部分将士合影，二排右四为成冲霄（时任师长），右六为李德生军长，三排左一为任保俗，曾任12军军长

成冲霄所在的12军是刘邓大军的一支劲旅，它的前身是晋冀鲁豫野战军第六纵队，1948年5月改番号为中原野战军第六纵队。在解放战争中它作为第二野战军的主力，首战上党，三出陇海，横跨黄河，转战鲁西南，千里跃进大别山，逐鹿中原，打了不少硬仗、恶仗。

　　1949年6月，成冲霄任12军34师101团参谋长，他所在的部队接到了进军西南的命令，于6月底奉命北移，7月11日到达南京附近的溧水，在此整训待命，为进军西南作战前准备。7月26日，二野三兵团在南京召开了团以上干部会议，传达中央军委关于向大西南进军的任务。刘伯承司令员亲临会场，作进军大西南的动员报告。

　　8月中旬，12军奉命隐蔽地向鄂西集结，全军从南京浦口乘火车，经

27

津浦、陇海、平汉路，三天三夜到达湖北孝感。下车后又徒步行军20多天，于9月中旬到达湖北沙市、宜都、枝江等地。9月下旬，在沙市召开了12军第一次党代表会议，进一步明确了形势，统一了思想，为即将进军大西南奠定了良好的基础。

10月24日，新中国诞生24天以后，12军奉命自鄂西出发，向湘川黔进军，在行军途中的车上，成冲霄匆匆给妻子写了上面这封信。

11月27日，12军和友邻部队一起歼灭了国民党宋希濂集团主力和罗广文兵团的一部共三万余人，解放了川东广大地区。接着乘胜出击，和11军、47军一起分三路包围重庆，于11月30日解放了西南重镇重庆。据说，当12军先头部队进入重庆时，蒋介石父子刚刚乘"中美"号专机离开重庆，而尾随他的两架敌机正在发动，被我军战士用机枪击掉了引擎，未能起飞，只得乖乖地投降。此役，12军连续行军作战40余天，行程3800多里，消灭敌人14000余人，胜利完成了上级交给的任务。

重庆解放以后，成冲霄所在的101团和其他师的两个团奉命担负重庆

▲ 成冲霄夫妇与女儿重庆分别前留影，摄于1950年12月

警备任务，其余的部队立即西进，参加成都战役，会同友邻部队，围剿胡宗南集团。

1950年3月，刘时芬带着女儿随二野女大三分校辗转20余天，经武汉乘船来到解放后的重庆，一家三口经过多年战争的离别，终于团聚了。

当年12月21日，12军奉命离川北上，开赴华北某地待命。成冲霄作为101团团长于1951年3月赴朝参战。刘时芬此时由于即将临产，不能随军赴朝，只能留守重庆。

此次重庆一别，一家人又天各一方，分离的时间更长。

欢迎来穗一叙

1950、1957年陶铸致老战友谭珊英

中国人民解放军华中军区政治部

中国共产党广东省委员会用笺

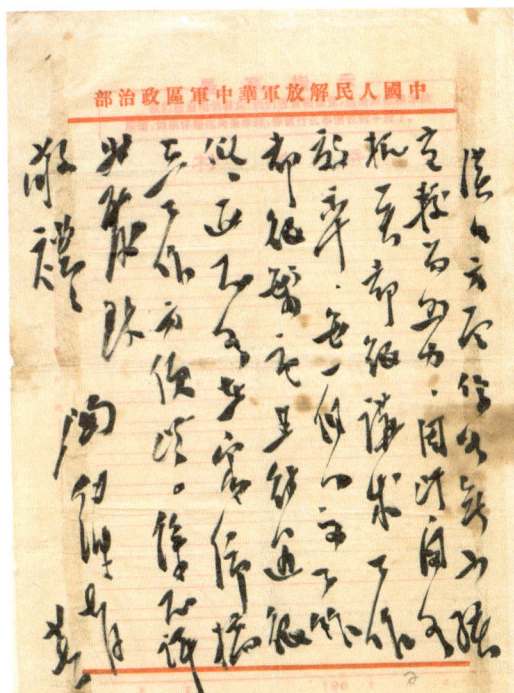

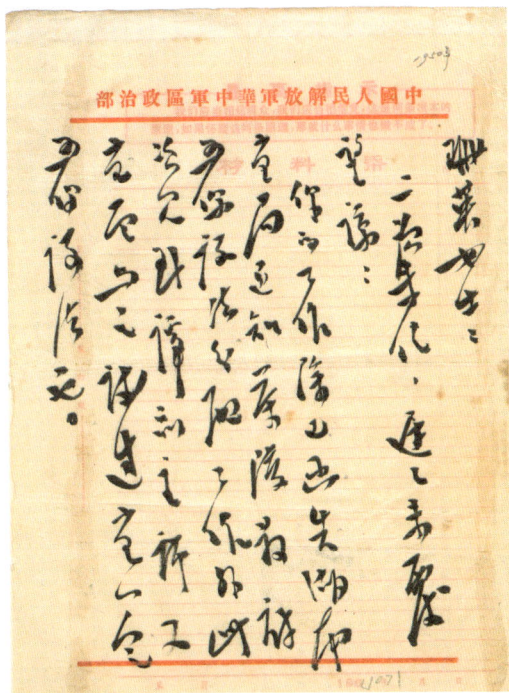

珊英先生：

　　信敬悉，知你在故乡并参加政府所举办之训练班，慰极！

　　我与曾志近来一切甚好，如释锦注！你离开福建以后的经过，以前全无所知，此次从你的来信中方知梗概。你失了党的关系果如来信所称，只要有人证明并经过一定时期工作的考察，组织上当会承认你的关系的，但现在还不能解决。我意你可好好在本县参加工作，积极表现并多方设法找人证明。至在福建省委一段工作，我当完全可以负责证明。我拟直接去信湖南省委，要他们通知茶陵方面与你作必需的工作连〔联〕系。望你有事可多找

谭余保同志（他是湖南省副主席）。如你方便来武汉一游，我们当表欢迎也。余不详。此致

敬礼！

陶铸 四月三日

珊英女士：

二次来信，迟迟未复，望谅！

你的工作除已函告湖南当局通知茶陵县府为你设法分配工作外，此次见到谭副主席又当面与之谈过，当一定为你设法也。

汉口方面你如无小孩当较为好办，因此间各机关都很讲求工作效率，每一个人的工作都很繁重且待遇很低，还不如在家乡搞点工作方便些。余不详。此复。致

敬礼！

陶铸 七月廿七日

珊英同志：

数年不通音问，昨接来信，知一切甚好，慰极！

曾志及小女现在北京学习，暑假当均返穗，届时如能来穗一叙，甚表欢迎也。

特复。致

敬礼！

陶铸 五月卅一日

家书背景

这是20世纪50年代陶铸写给老战友谭珊英的三封信，"文革"中被陶铸专案组抄走，1981年由中央组织部退还收信人。2014年5月，谭珊英的

儿子陈泍加和谭安利把这三封珍贵的家书捐赠给了中国人民大学家书博物馆。

陶铸，又名陶际华，号剑寒，化名陶磊。1908年出生于湖南祁阳县石洞源陶家湾村。1926年入黄埔军校第五期学习，同年加入中国共产党。大革命失败后，参加南昌起义，在叶挺部任连长。1929年秋起，任中共福建省委秘书长、书记，省委组织部部长，福州中心市委书记等职，曾组织指挥厦门劫狱斗争。1933年到上海，在中共中央机关工作。

▲ 陶铸和夫人曾志、女儿陶斯亮合影，摄于1954年

同年5月被国民党当局逮捕并判无期徒刑。抗日战争爆发后，陶铸经组织营救出狱，被派往武汉任中共湖北省委常委兼宣传部部长。1940年到延安，先后任中共中央军委秘书长、总政治部秘书长兼宣传部部长。1945年奉命赴东北，领导土地改革，参加建立巩固东北根据地的斗争。新中国成立后，历任第四野战军兼中南军区政治部主任、广东省省长兼广东省委书记、广东省委第一书记兼广州军区政委等职。1965年1月调任国务院副总理。1966年5月任中共中央书记处常务书记兼中宣部部长，8月任政治局常委。1967年1月突然被打倒，受到残酷迫害，1969年11月在合肥病逝。1978年12月中共十一届三中全会为他平反昭雪。

谭珊英，湖南省茶陵县人，生于1909年，1923年考入湖南省立第一女子师范学校。1926年投笔从戎，考入武汉中央军事政治学校女生队（黄埔军校第六期），与谢冰莹等同室姐妹结为生死与共的"七兄弟"，1927年

▲ 谭姗英母子，摄于1956年

参加了西征讨伐夏斗寅的战斗。大革命失败后，女生队提前毕业。1928年春她重新考入湖南省立二中高中师范科（即原第一女师），1929年冬毕业。1930年春到福建厦门找到了共产党组织，被分配在省军委担任文书和内部交通工作，受省军委负责人陶铸直接领导，并假扮夫妻以掩护机关，亲历了厦门劫狱斗争。

厦门劫狱委员会由罗明、王德、王海萍、谢景德、陶铸组成，武装队伍由陶铸指挥。经过周密准备，1930年5月25日，陶铸率领11位勇士，有的假装探监，有的乔装小贩和游客，时机一到即冲进思明监狱，击毙警备队长和看守，打开牢门，仅仅十几分钟，成功营救出共青团福建省委书记陈柏生、中共厦门市委书记刘端生等40多位革命同志，迅速安全转移，我方无一伤亡，谱写了中外革命史上的传奇，轰动全国，震惊海外。

1930年底，谭姗英调上海，继续从事党的地下工作。1931年与在共青团中央工作的陈柏生结为夫妻。1934年11月夫妻二人奉派赴苏联学习，1936年初回国。由于当时党的上海地下组织连遭破坏，他们与组织失去了联系。后来，谭姗英一直以教书为生。与陶铸一别二十年，相互不知音讯。

▲ 谭珊英，1936摄于北京

　　1950年春，谭珊英在家乡茶陵县人民政府举办的训练班学习，到茶陵视察的湖南省政府副主席谭余保告诉她，陶铸在武汉任中南军区政治部主任，并多次打听她的情况。谭珊英赶忙给陶铸去信问候，并告知别后的情况，很快就收到了陶铸1950年4月3日的亲笔回信，信中充满老首长老战友的关怀和鼓励之情，并表示"完全可以负责证明"她在福建的革命经历。为谭珊英的工作安排问题，当年7月27日，陶铸再次给谭珊英亲笔回信。

　　谭珊英为践行她父亲谭镜莹"教育救国"的理想，毅然放弃了银行干部等职位安排，选择了小学教师职业。

　　1957年5月31日，担任广东省委第一书记兼省长的陶铸，给谭珊英这个普通的小学教员发来了热情洋溢的亲笔信，邀请她去广州一叙。这年暑假，谭珊英带着儿子陈涞加和谭安利去了广州，受到陶铸一家的热情接待。

把悲愤化为力量

1950年8月1日　王少勋致弟弟王少龙

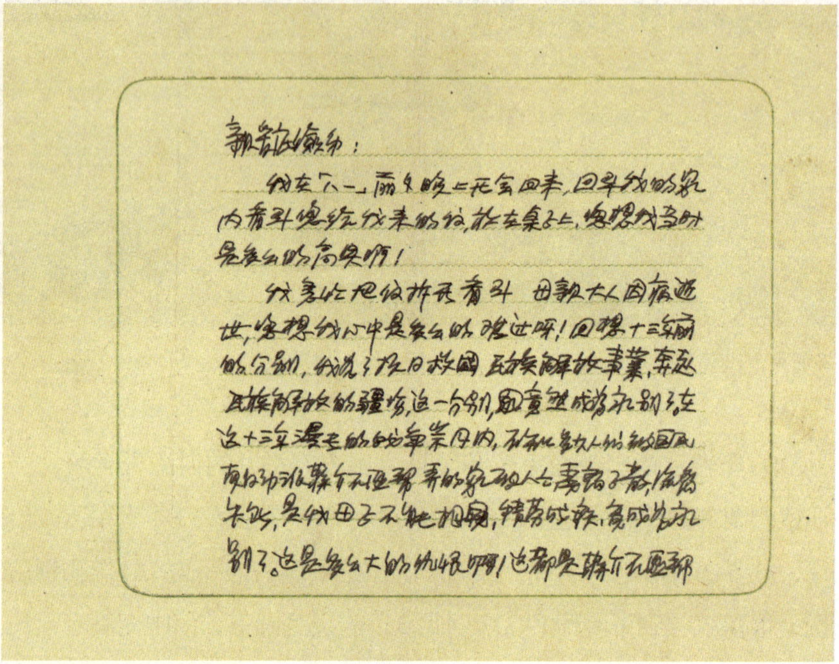

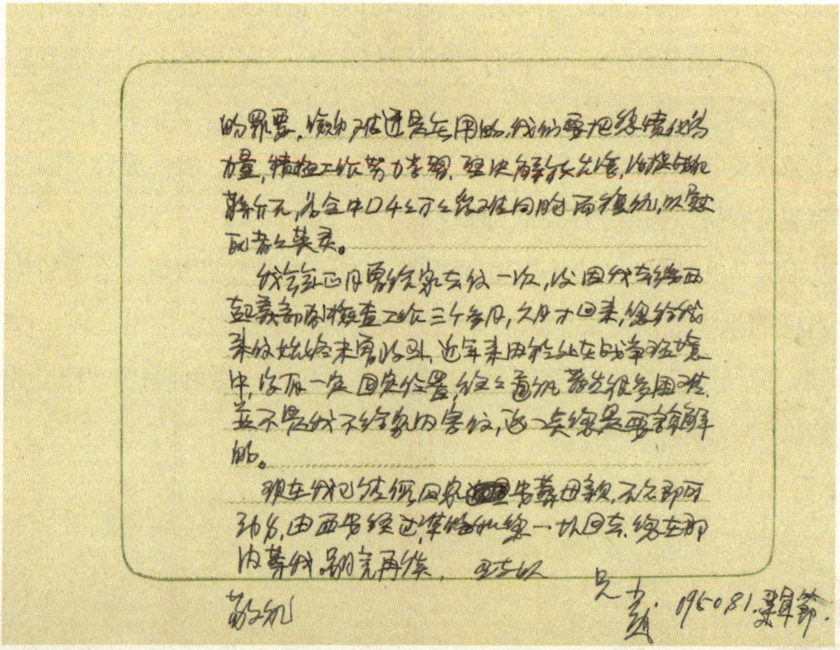

亲爱的俭弟①：

我在"八一"前夕晚上开会回来，回到我的家内，看到您给我来的信放在桌子上，您想，我当时是多么的高兴啊！

我急忙把信拆开，看到母亲大人因病逝世，您想，我心中是多么的难过呀！回想十三年前的分别，我为了抗日救国民族解放事业，奔赴民族解放的疆场。这一分别，竟然成为永别了。在这十三年漫长的战争岁月内，不知多少人〔们〕被国民党反动派蒋介石匪帮弄的家破人亡，妻离子散，流离失所，是〔使〕我母子不能相见。〈母亲〉积劳成疾，竟成为永别了。这是多么大的仇恨啊！这都是蒋介石匪帮的罪恶。俭弟，难过是无用的，我们要把悲愤化为力量，积极工作，努力学习，坚决解放台湾，活捉战犯蒋介石，为全中国千千万万受难同胞而复仇，以慰死者之英灵。

我今年正月曾给家去信一次，后因我去绥西起义部队检查工作三个多月，六月才回来。您给我来信，始终未曾收到。近年来，由于处在战争环境中，没有一定固定位置，往往通讯发生很多困难，并不是我不给家内写信，这一点您是要谅解的。

现在，我已请假回家安葬母亲，不久即可动身，由西安经过，准备和您一块回去，您在那内〔里〕等我。别言再谈。

致以

敬礼！

兄　少勋

1950.8.1建军节

———————————————

①俭弟，即王迺俭，又名王少龙，王少勋的胞弟，曾任第一野战军司令部机要秘书。

家书背景

　　这是新中国第一个建军节当天，人民解放军军官王少勋给弟弟王少龙的回信。

　　王少勋，1921年生于陕西省韩城县。1936年秋，在省立三原三中参加西北青年救国会领导下的抗日救亡活动。1937年3月，参加中华民族解放先锋队，在三原安吴堡学习革命理论，经组织批准保送到延安鲁艺学习，后转入抗日军政大学学习。1938年加入中国共产党。历任安吴堡青训班二营四

▲ 王少勋，1938年摄于延安抗大

连战士，延安抗大三大队四队学员，延安军委三局技术书记，八路军120师358旅714团民运干事、团政治处党支部书记，120师独立二旅政训队班长，晋绥军区独二旅九团特务一连政治指导员，绥蒙军区政治部组织干事、军区教导大队政治指导员，晋绥野战军11旅32团政治教导员、33团政治教导员、团政治处组织股长，西北野战军8军教导团组织股长、8军72团副参谋长、22师65团政治处副主任、师后勤部副政委等职。1951年参加抗美援朝，任志愿军22师后勤部副政委、20兵团67军教导团政教副科长等。

　　王少勋1955年被授予少校军衔，获国家独立自由勋章和解放勋章各一枚。1958年转业后，任北京第八中学校长、第六中学第一副校长等职。"文革"中被错误关押、批斗，受到残酷迫害。1983年离休，2004年逝世，享年83岁。

　　王少勋给弟弟回信后，不久即动身赶回陕西老家。他看到，老母亲于

1947年去世后，由于长子不在跟前，按照老家风俗无法下葬，灵柩用黄泥在屋里糊着，一停就是3年。直到王少勋兄弟两人还乡，母亲的灵柩才得以入土为安。

数十年后，当王少勋重病卧床的时候，他向子女谈起了当年始终疼爱自己、想念自己的高堂双亲。他说，妹妹曾对他讲，当年母亲去世前，

▲ 王少勋抗日战争期间于山西朔县留影，拍完这张照片后两个小时左右，此地就被日军占领

十分想念他，以至于出现幻觉，常常对妹妹们喊："快开门，你大哥回来了！"开了门，母亲才咽下了最后一口气。他还说头天晚上做了个梦，梦见了母亲。

▲ 王少勋（二排右三着军装者）与弟弟王少龙（二排右一）回陕西韩城相村老家安葬母亲时与家人合影，摄于1950年10月

妈妈！我不是无情人

1953年2月1日 黄海明致婆母

家书原文

亲爱的母亲：

　　我在全国妇联开会之际，忽然接到你老人家的来信和像〔相〕片，使我说不出的高兴。但亲爱的妈妈，当我看完了你的信和像〔相〕片，使我不禁的又落下泪来。

妈妈！我不是无情人，我对更夫同志始终没有忘记过。只因我的身体年来多病，自顾不暇，故没有给你老人家写信去，请加原谅。

我和更夫同志是革命过程中的战友，也是患难中的好夫妻。他牺牲以后我不但没有〈以〉消极态度对工作，相反的使我更坚强了，我步着他的后尘，踏着他的血迹，抱着对国民党仇恨的心情，为更夫同志报仇，担负起他未完成的事叶〔业〕。妈妈！我不是无情的人啊！请妈妈谅解罢。

曼儿①去苏学习，再有一年半即可归国，我想待她回国后我同她一起回到叙永②一趟，到那时我母子们再谈叙已〔以〕往。你老人家的身体很健康，我们一定可以见面的。妈妈说：把全家聚在一起照个像〔相〕给我，我很高兴，最好把更夫同志的遗像也洗在上面。

妈妈！写到这里我心十分伤痛，暂时止笔。

儿　黄海明1／2③

妈妈！希将信保存起来，将来给曼儿看。

来信仍寄山东省妇联勿误。

家书背景

这封家书是黄海明女士写给陆更夫烈士的母亲的。陆更夫是中共早期领导人之一，英勇就义时年仅26岁，黄海明也是大革命时期入党的老党员，曾长期从事党的地下工作，两人既是夫妻，又是战友。

---

①指黄海明和陆更夫的女儿陆曼曼，1932年生，1948年赴苏联留学，1956年毕业于上海交大，长期从事航天工作，高级工程师。
②叙永，陆更夫的家乡。
③据陆能介绍，此信写于1953年。

黄海明，生于1907年5月13日，湖北省枣阳县新市镇人，1926年加入共青团，1927年加入中国共产党。1926年秋北伐军占领武汉后，奉中共湖北省委指示，赴黄埔军校武汉分校学习，学习结束后，任省总工会女工纠察队训练队队长。1927年"四一二"反革命政变后，武汉形势危急，她带领一批妇女参加中央独立师，任女生连连长。同年6月受中央派遣，赴苏联东方大学（中山大学）学习，1930年回国，在上海做地下工作，任上海工人联合会女工部部长。1932年7月丈夫陆更夫（中共两广省委书记）牺牲后，她仍坚持地下斗争。1933年被捕，带着不满周岁的女儿曼曼，被关进国民党南京监狱。1937年"七七事变"后，国共再度合作，国民党释放政治犯，她出狱后，回到老家，在枣阳办起农民夜校，宣传抗日。这期间，她先后动员50多名青年奔赴延安参加革命。

1938年黄海明带着女儿赴延安抗大学习，毕业后任延安保育院院长，后又进入中央党校学习。1945年日本投降后，她到山东，先后任山东省妇联福利部部长、省妇联秘书长、省妇联主任等。后调北京，任轻工业部副司长、部纪检组副组长（副部级）等职。曾当选第三届全国人大代表，第

▲ 黄海明，1928年摄于赴苏留学时

▲ 陆曼曼在上海刚出狱时留影，摄于1936年

妈妈！我不是无情人

43

二、三届全国政协委员等。1991年9月1日于山东逝世，终年85岁。

据陆更夫烈士的侄子陆能介绍："大伯从1923年考入成都高师联中，至1932年牺牲，一直靠书信与家中来往。后来家人知道他结婚了，但由于工作需要，他没说新娘是谁。大伯牺牲时才26岁，但家人全然不知他遇难。1950年，我父亲与中组部联系，才知大伯早已牺牲，但留有一女，即我的堂姐陆曼曼。"

▲ 黄海明与女儿曼曼，摄于1956年

从1950年起，陆家开始积极寻找陆更夫的遗孀和女儿，终于打听到其妻子黄海明在山东省妇联工作，立即去信。1952年，陆家兄妹收到黄海明从山东省妇联寄来的信件，信里提到曼曼已去苏联留学。1953年，黄海明又来信，表示曼曼还有一年半就能学成回国，一定要带她回四川老家看望老人和弟弟妹妹们。

"文革"中，陆家与黄海明又失去了联系。直至20世纪70年代，陆家才重新找到了她和曼曼。陆能赶到上海见到了曼曼，并拿到了曼曼一家的全家福。

80年代，陆能到北京见到了伯母黄海明，当时曼曼不在场，那次见面短暂得不足一小时，她没能记下堂姐的工作单位。90年代陆能从报纸上得知黄海明已去世，陆家又一次失去了与她们的联系。

2005年4月，由国家博物馆等单位发起的抢救民间家书项目在北京启动，陆能带着伯父、伯母留下的家书找到了家书组委会，希望把它们捐给国家，从而再次萌发了寻找堂姐陆曼曼的动机。2006年春节过后，陆能再次赴京寻找堂姐。3月30日，在媒体的帮助下，这一对失散多年的姐弟终于在北京见面了。

　　与陆能聊起过去的事情，陆曼曼几次动容："抗战后，妈妈带我到了延安，延安的生活是我一生中最快乐的时光。1945年，我们又去了山东。以后我考上了学，一直待在上海，妈妈则调到北京。1988年我退休后，到北京照顾病重的妈妈，我们才有了一段长期在一起的时光。由于工作繁重，加上母亲身体状况很差，所以也没有更多的精力与四川老家取得联系。"[1]

▲ 陆更夫（左）1927年在武汉军校时与战友留影

[1] 段明艳：《好夫妻好战友》，载《红色家书》，56页，北京，中国画报出版社，2006。

妈妈！我不是无情人

人民的智慧是无穷的力量

1958年春 帅孟奇致养女舒炜

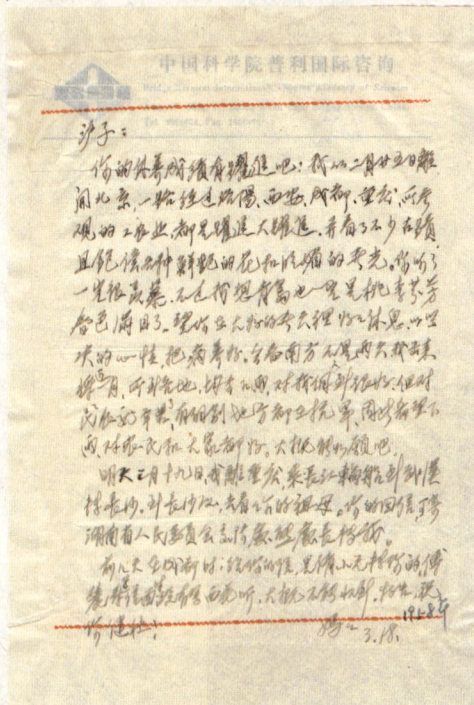

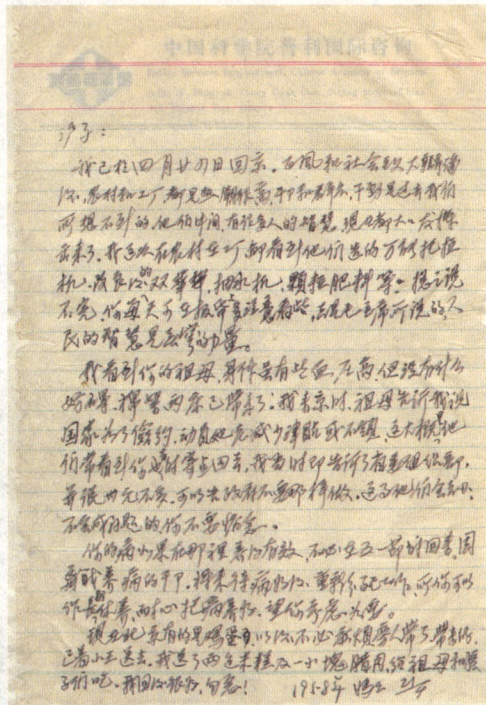

家书原文

沪子①：

你的休养成绩有跃进吧？我们二月廿五日离开北京，一路经

———————————

①沪子，收信人舒炜的乳名，因其1929年10月3日生于上海而起。

过洛阳、西安、成都、重庆，所参观的工农业都是跃进大跃进^①，并看了不少古迹，且饱尝各种鲜艳的花和明媚的春光。你听了一定很羡慕，不过我想青岛也一定是桃李芬芳春色满目了。望你在大好的春天里好好休息，以坚决的心情把病养好。今春南方不是雨天，我出来将近一月，所到各地，均未下雨，对我个人倒很好，但对农民就辛苦了，有个别地方都在抗旱，因此希望下雨，对农民和大家都好。大概能如愿吧。

明天三月十九日，我离重庆，乘长江轮船到武汉转长沙。到长沙后，去看你的祖母。你的回信可寄湖南省人民委员会交际处熊处长转我。

前几天在成都时给你的信，是请小元转你的，傅麓寿写信面时没有写西花厅，大概不能收到，特告。祝你健壮！

妈妈^②

3.18^③

沪子：

我已于四月廿四日回京。整风^④和社会主义大辩论后，农村和工厂，都是热潮很高，干部和群众，干劲是过去我们所想不到

---

① "大跃进"，指1958年至1960年间，党在全国范围内开展的"左"倾冒进的社会主义建设运动，在建设上追求大规模，在生产上追求高速度，如全民大炼钢铁，人民公社化等，当时高指标、瞎指挥、浮夸风全面泛滥，导致国民经济比例的大失调，造成了严重的经济困难。

② 妈妈，指师孟奇，老一辈革命家，收信人的养母。

③ 此信写于1958年。

④ 整风，指1957年8月至1958年8月的全民整风运动，以社会主义和资本主义两条道路的大辩论为中心，涉及农村、工矿企业、军队、民主党派、工商界、科教文等各个领域。它对当时在某种程度上改进干部工作作风、促进生产发展等起了一定的积极作用，但也存在着不可低估的消极影响，对"大跃进"的发动起了推波助澜的作用。

▲ 帅孟奇在延安，摄于1940年

的，他们中间，有很多人的智慧现在都大大发挥出来了。我这次在农村在工厂，都看到他们造的万能拖拉机，改良后的双铧犁、抽水机、颗粒肥料等等，总之说不完。你每天可在报纸上多注意看些，真是毛主席所说的，人民的智慧是无穷的力量。

我看到你的祖母，身体虽有些血压高，但没有什么妨碍，棉絮两床已带来了。我来京时，祖母告诉我说国家为了俭约，动员她老减少津贴或不领，这大概是他们常看到你也有时寄点回去，我当时即告诉了省委组织部，并说卅元不多，可以告政府不要那样做。这事他们会去办，不会成问题的，你不要惦念。

你的病如果在那里养的有效，不必在五一节时回来。因离职养病的干部，将来待病好后，重新分配工作，听你可以作长期休养，耐心把病养好。望你考虑为要。

现在北京有的是鸡蛋，以后不必麻烦旁人带了，带来的已着小王送去。我送了两包米糕及一小块腊肉，给祖母和孩子们吃。我回后很好，勿念。

妈妈

21/4[1]

---

[1] 此信写于1958年。

这是1958年老一辈革命家帅孟奇写给养女舒炜的两封信，当时国内正处在"大跃进"年代，农村大办人民公社，走向集体化，城乡掀起大炼钢铁运动，人民的积极性高涨，干劲十足，全国一片轰轰烈烈景象。后来事实证明，当时有许多地方确实有冒进、浮夸、过左现象，但很快得到纠正。这个时期，舒炜因工作劳累，加上生育后身体一直不好，经医生诊断为疑似早期肝硬化。轻工业部为照顾舒炜的身体，批准她在青岛疗养院休养了半年。当时年逾六旬的帅孟奇仍到各地视察、检查工作，她在洛阳、成都、重庆、西安、湖南等地出差期间给舒炜写了好几封信，告诉舒炜到各地的所见所闻，让舒炜分享她的快乐，鼓励舒炜争取早日康复，回到工作岗位。

▲ 帅孟奇（右）与养女舒炜合影，1957年摄于北京

帅孟奇，1897年出生于湖南省汉寿县东乡陈家湾一个穷苦农民家庭。1922年开始参加革命活动，1926年加入中国共产党。当时正值北伐军挺进湖南，击败吴佩孚时，湖南农民运动有了很大的发展。她在家乡组织农会，成立妇女协会，建立儿童团，

▲ 帅孟奇（中）与康克清（左）在人民大会堂参加中纪委会议，右为舒炜，摄于1978年

人民的智慧是无穷的力量

49

带领妇女儿童、农民群众与恶霸地主、土豪劣绅进行斗争，成为汉寿县的妇女领袖。

1927年，蒋介石叛变革命，湖南军阀何健在长沙发动了"马日事变"，汉寿县的党组织遭到破坏。1928年帅孟奇被派往莫斯科共产主义劳动大学学习，1930年学习结束后回国。同年，党派她到任弼时领导下的中共武汉长江局工作。当时的武汉白色恐怖弥漫，危险四伏。舒炜的父亲沈绍藩任长江局秘书处处长，帅孟奇任机要秘书。当时舒炜尚不满周岁，她的祖母刘静、妈妈舒亚先，还有帅孟奇装扮成的沈绍藩的寡妇嫂子组成了一个家庭，实际上是党的地下机关。时任长江局书记的任弼时同志和关向应同志经常来这里开会，商谈工作。白天，他们一家人有老有小过日子。晚上，帅孟奇就要把下边来的情况密写成文件，用各种方法秘密上报党中央，同时把中央的指示密写后传达下去。不久，沈绍藩被捕，坚贞不屈，仅三天就被枪杀。

帅孟奇从街上贴出的布告中得知沈绍藩被枪杀的消息后，马上转移，她和刘静同去上海寻找党组织，舒炜和妈妈舒亚先则返回长沙老家。不幸的是，舒亚先回长沙后，在敌人的威逼下，为保守党的秘密，自缢身亡，以示抗争。从此，舒炜成为孤儿，和祖母艰难过活。

帅孟奇继续在上海从事党的地下工作，1932年10月被捕。在国民党的监狱中，她受尽酷刑，坚贞不渝，直到1937年国共合作后才被营救出狱。她经过短暂休养，在长沙工委继续为党工作。1939年，帅孟奇找到舒炜和她的祖母，经党组织批准，舒炜被送到延安，先后在延安保育院小学、延安中学、延安自然科学院学习，一直受到党的培养教育。从帅孟奇的信中，也可以看到她对舒炜的关怀和教导。

帅孟奇有着一颗金子般的心。除养育过舒炜外，还以一颗慈母之心，关照过许多烈士和干部的子女，其中有杨匏安烈士的儿子杨志，郭亮烈士的儿子郭志成，黄公略烈士的女儿黄岁新，彭湃烈士的儿子彭士禄，陆更夫烈士的女儿黄曼曼，李硕勋烈士的儿子李鹏，罗亦农烈士的儿子罗西北，以及任作民同志的儿子任湘，陈赓将军的儿子陈知非，韩铁生同志的儿子韩模宁等。

　　"文革"中帅孟奇被关押长达7年之久，后又被流放到江西萍乡监管两年多。在狱中，她坚持锻炼身体，打八段锦，作诗，还背诵唐诗，背诵毛主席、朱总司令和陈毅的诗词。1978年12月，帅孟奇被选为中央纪律检查委员会常委、全国政协常委。1982年被选为中央顾问委员会委员，1992年10月被推选为中国共产党第十四次代表大会特邀代表和主席团成员。1998年4月13日安然离世，享年101岁。

▲ 帅孟奇和烈士子女合影。后排左起黄公略女儿黄岁新、陆更夫烈士女儿黄曼曼、郭亮烈士儿子郭志成、彭湃烈士儿子彭士禄、陈赓将军儿子陈知非、沈绍藩烈士女儿舒炜，右二为舒炜的孙女解丹丹，摄于20世纪90年代

往事已矣，不必再为之悲伤

1959年5月20日　邓子恢致谭珊英

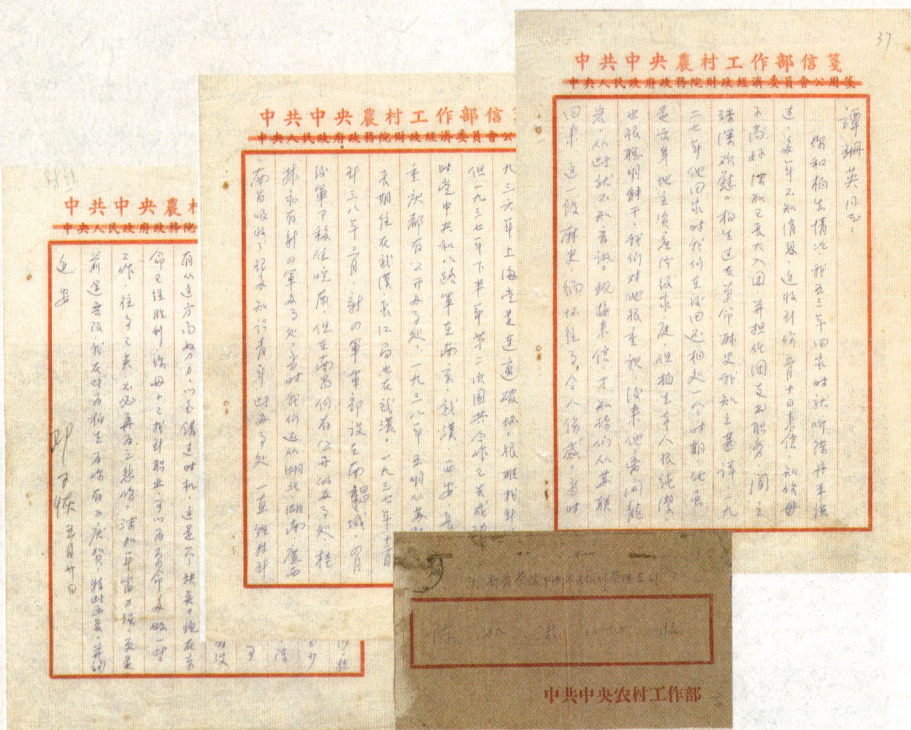

家书原文

谭珊英同志：

　　你和柏生情况，我五三年回家时就听陈丹平①谈过，多年不

---

① 陈丹平（1923—1956），又名陈丹瑛，小名陈满瑚，福建龙岩市后田村人，是陈
　柏生同父异母的妹妹，少年时代在广州度过，1937年广州沦陷前夕回到龙岩，
　继续完成小学学业，毕业于湖洋开明小学。后在龙岩后田、榴田等小学任教师，
　直至病逝。

知消息，近收到你五月十日来信，知你母子尚好，沐加①已长大入团，并担任团支书职务，闻之殊深欢慰。柏生过去革命历史我知之甚详。一九二七年他回家时我们在后田还相处一时期。他虽是出身地主资产阶级家庭，但柏生本人很纯洁，也很聪明能干，我们对他很重视。后来他离开龙岩，从此就不知音讯。现接来信，才知你们从苏联回来这一段历史。缅怀往事，令人伤感。当时你们的缺点主要是没有积极去找党。当然，在一九三六年上海党是连遭破坏，很难找到关系。但一九三七年下半年第二次国共合作已告成功，当时党中央和八路军在南京、武汉、西安、长沙、重庆都有公开办事处。一九三八年王明从苏联回国，长期住在武汉，长江局也在武汉。一九三七年十二月到三八年三月，新四军军部设在南昌城，四月后军部移住皖南，但在南昌仍有公开办事处，桂林亦有公开办事处，当时我们还从湖北、湖南、广西、南昌吸收了很多知识青年，此办事处一直维持到四一年皖南事变后才结束。你们那时大概在汉口、长沙、桂林一带，如果去找这些办事处，是可以找到党的关系的，至少可以到新四军来工作。那时，我是新四军政治副主任，陈伯达同志那时已在延安工作，柏生如来找，无论如何都可以取得联系，找到工作，并可以治病。可惜你们那时没有从这方面努力，以至错过机会，这是一个缺点。现在革命已经胜利，你母子已找到职业，可以为革命多做一些工作，往事已矣，不必再为之悲伤。沐加年富力强，更是前途无限，我在此为柏生为你有子庆贺。特此函复，并询近安。

邓子恢　五月廿日

①沐加，指陈柏生与谭珊英的儿子陈沐加，1938年8月出生，1951年参加工作，1980年入党，曾任湘潭市第一商业局局长兼党委书记。

往事已矣，不必再为之悲伤

家书背景

　　这是老一辈革命家邓子恢写给学生、战友陈柏生的妻子谭珊英的一封书信，2014年5月由收信人的儿子陈渌加、谭安利捐赠给了中国人民大学博物馆。

　　邓子恢（1896—1972），又名绍箕，福建省龙岩市新罗区东肖邓厝村人。闽西革命根据地和中央苏区的主要创建者和卓越的领导人之一。中央主力红军长征后，他留在中央苏区坚持游击战争，任中共中央分局委员。抗日战争时期，曾任新四军政治部主任。1945年党的七大上当选为中央委员。解放战争时期历任中共中央华中分局书记兼华中军区政委、华东局副书记、中原局第三书记兼中原军区副政委，主持中原局日常工作。新中国成立后曾任中共中央农村工作部部长、国务院副总理、全国政协副主席等职。

　　陈柏生，又名陈若陶、陈碧星，1910年生于福建龙岩东肖镇后田村，1921年至1924年在龙岩白土镇桐冈小学读书，成为该校教师邓子恢的得意门生，参加了邓子恢、陈明组织的进步团体"奇山书社"，学习和宣传马克思主义，倡导新文化运动，参与编辑出版了闽西第一个宣传马克思主义

▲ 陈柏生在厦门，摄于1932年　　▲ 陈柏生的中国青年新闻记者学会会员证

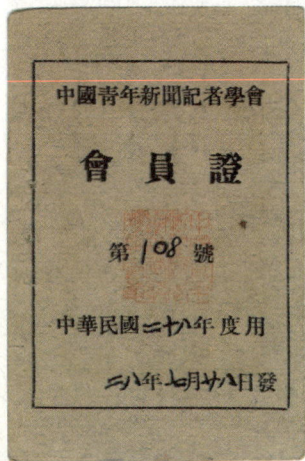

的刊物《岩声》。

1925年春，陈柏生考入厦门集美中学，加入中国社会主义共青团。1926年10月，国民革命北伐军向闽西进军时，他回龙岩投身革命，在邓子恢、郭滴人领导下开展农民运动，1927年1月，加入中国共产党。后

▲ 邓子恢夫妇，1959年夏摄于北京万寿路住所

奉调去厦门、漳州等地从事青年和学生运动。历任共青团福建省委宣传部长、团省委书记兼中共福建省委巡视员。1929年底在福州被捕，经营救出狱后回厦门。

1928年3月邓子恢领导龙岩后田暴动，创建了闽西红军和革命根据地。1929年夏秋间，毛泽东、朱德率领红四军三打三克龙岩城，消灭军阀陈国辉，扩大了苏区，开展了轰轰烈烈的土地革命运动。在后田进行分田试点时，陈柏生在厦门获此消息，立即赶回家乡与叔父陈昆照、胞弟陈汉生（均系共产党员、革命烈士）一起劝说祖母（当时祖父已故），将所有田契、借约拿出来当众烧毁，全部田地、家产交"乡土地分配委员会"分给贫雇农。他们这一举动大大地促进了后田的分田试点工作，也促进了全县的分田运动，受到邓子恢等领导人的称赞。

1930年3月18日，团省委组织青年学生在厦门中山公园召开纪念"三一八"大会（即段祺瑞在北京屠杀请愿学生四周年，也是巴黎公社纪念日），由于叛徒告密，陈柏生等18名重要干部被捕。他在狱中坚持斗争，积极配合党组织5月25日武装劫狱成功，与40多位同志被营救送往闽西苏区。不久陈柏生调到上海，在团中央工作，并被派往满洲里巡视工作。回上海后，与在沪西纱厂做地下工作的谭珊英认识。谭珊英当年在厦门与陶

往事已矣，不必再为之悲伤

铸假扮夫妻从事党的地下工作，亲历了那场震惊中外的劫狱斗争，对陈柏生"久闻大名"。很快两人就在工作联系中建立了感情，不久由同志结成了夫妻。

1931年初，陈柏生调沪东青工部工作。1934年10月他们夫妇二人被党组织批准去苏联学习，1936年初回国。由于当时上海地下党组织连遭破坏，他们与党组织失去了联系。后陈柏生加入由周恩来委托范长江组织和领导的中国青年新闻记者学会，奔走于汉口、长沙、昆明等地，撰写了大量通讯和时评文章，宣传抗日救亡。1939年陈柏生积劳成疾，被诊断为肺结核晚期，仍坚持采访，笔耕不辍。次年春，他病情严重恶化，只好与妻子一同返回湖南茶陵县美吉村老家养病。10月，因贫病交加辞世，年仅30岁。

1953年春，谭珊英收到陈柏生妹妹陈丹平从龙岩的来信，说时任中央农村工作部部长的邓子恢回到龙岩，寻找陈柏生的亲人。1959年5月10日，谭珊英给时任国务院副总理的邓子恢去了一封信，向邓老汇报了陈柏生后来的情况及儿子陈渌加的近况。邓子恢虽然身居高位，却依然惦记着30多年前共同奋斗的战友，很快于5月20日回了上面这封信，信中表达了对老战友的缅怀和对革命后代的关怀。

▲ 陈渌加与家人在龙岩博物馆，摄于1999年（背景为有陈柏生照片和革命事迹的图片）

有气节的海罗杉

1964年4月25日 戴流致儿子张昭兴

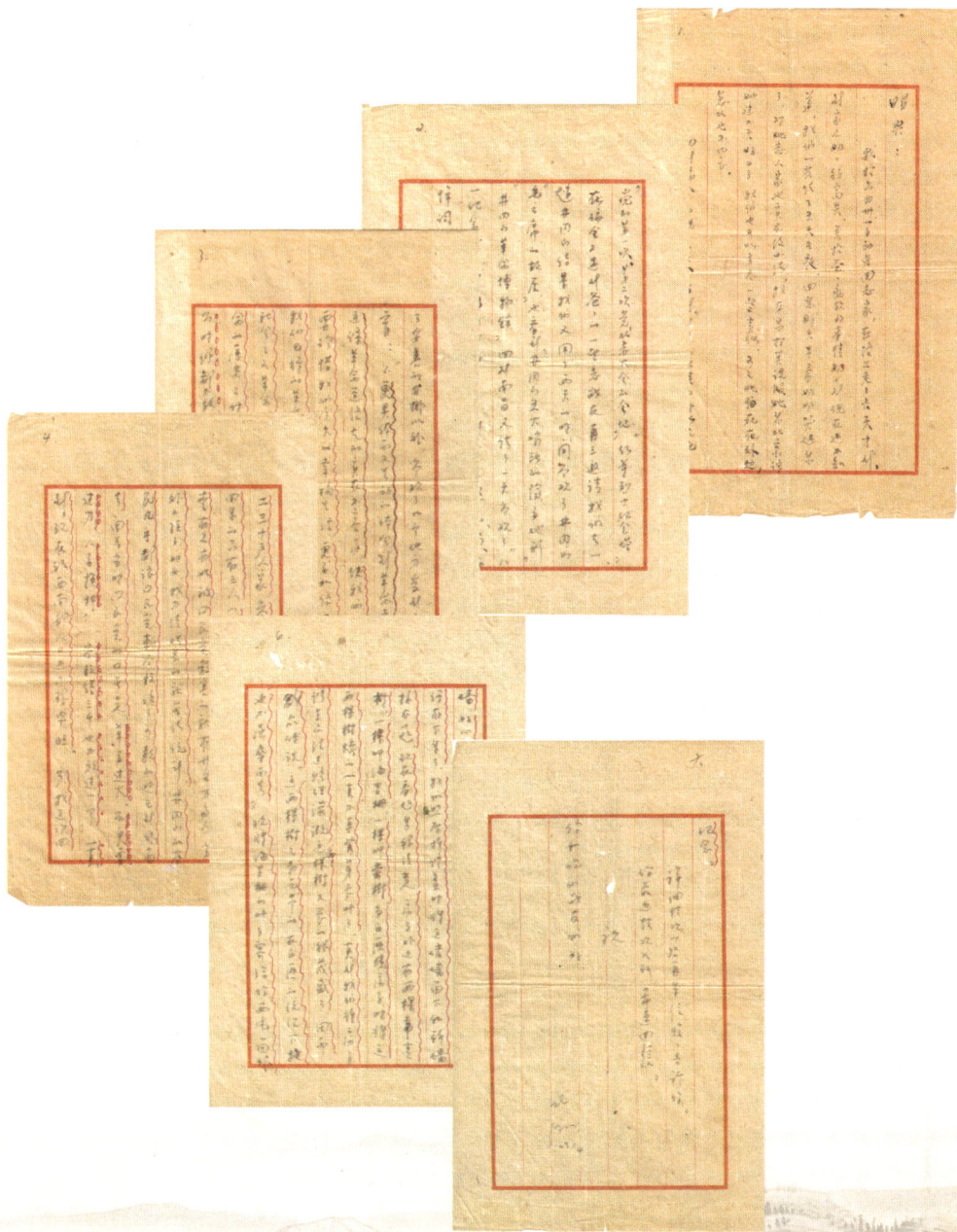

家书原文

昭兴:

我于上月卅一日动身回老家,在路上走了六天才到。到家后,奶奶很高兴。关于〈你〉爸爸病故的事情,奶奶到现在还不知道。我们一共住了五天五夜,回京那天早晨,奶奶哭起来了。对她老人家也实在没办法,我本来打算说服她来北京,让她过几天好日子,我们也可以多尽一些责任,可是她怕死在外边,怎么也不同意。

回到瑞金参观了一天,看到"中央苏维埃政府所在地""党的第一次、第二次党代表大会的会址①""红军烈士纪念塔"。在瑞金,又遇到爸爸的一些老战友,〈他们〉再三邀请我们去一趟井冈山,结果我们又用了两天的时间参观了井冈山"毛主席的故居",也看到"井冈山五大哨所"的险要地形,"井冈山革命博物馆"。回到南昌,又住了一天,参观了"八一纪念馆",并将爸爸的照片、简历、悼词、遗物送到革命烈士纪念堂。

我这次回家,除将奶奶的生活照顾、抚恤作了妥善的安排以外,参观了几个地方,受到了很多教育:1.更具体而又生动的体会到革命老前辈这条革命道路走的实在不容易,使我们认识到更要珍惜我们今天的幸福生活,更要加倍的努力,保卫我们已得的革命果实,而且继承他们的顽强精神,将社会主义革命进行到底。2.江西革命老根据地在革命的历史上付出了血的代价,这一笔血的仇恨到什么时候都不能忘记。就我们的家乡下洲坝也不过二三十户人家,参加红军的四十三人,解放后活着回来的只有三

———————————

① 此处应为中华苏维埃第一次、第二次全国代表大会会址。

人（包括你的爸爸）。整个江西，据目前调查，有名有姓被国民党杀害的就有廿五万多人，另外小孩子、妇女，找〔查〕不清姓名的就无法统计〈了〉。井冈山的农民几乎都让国民党斩尽杀绝了，少数的逃亡到外省去。因为当时国民党的口号是"草要过火，石头要过刀，人要换种""宁杀错三千，也不放过一个"。一直到现在江西南部人口还不很兴旺。3.我这次回家，江西军区、省委、地委、县、社各级政府对我们

▲ 母亲戴流与三个孩子合影，左一张昭兴，左二大妹张昭馥，怀抱大弟张昭强。1949年春准备南下时，摄于徐州

照顾的无微不致〔至〕，非常亲切、热情，使我深深感受到革命大家庭的温暖。如果不是组织关怀照顾，我这样拖儿带女的回家实在不容易，同时，也给我带来了很大鼓舞。昭兴，我们今后更要加倍努力作〔做〕好工作。

到井冈山上，看到毛主席的故居（是五七年按原样修复的）。国民党进占井冈山后给烧掉了，只剩下一堵墙。好心的群众怀念红军，将这堵墙用草和树皮盖起来，保存下来了。我们照原样修盖时，将这堵墙留下，和新墙接在一起，现在看起来很清楚。房子外边有两棵常青树，一棵叫海罗栅〔杉〕，一棵叫凿树。当白匪烧房子时，将这两棵树烤的一直不再发芽长叶了，直到我们将房子修复后，经过修理灌溉，这两棵树又长的很茂盛了。因而群

有气节的海罗杉

59

众传说，这两棵树是有气节的，在白匪的统治下，它也不屈辱而生。现将海罗栅〔杉〕的叶子寄给你两片，留作纪念。

详细情况，以后再写信慢慢告诉你。

你最近情况如何，希速回信。

祝

你和你的战友们好

代〔戴〕流

25/4

家书背景

这是一位八路军老战士在丈夫去世后第二年，即1964年返回丈夫老家江西瑞金看望婆母后，写给正在青岛当兵的儿子的一封信。

写信人戴流，1921年6月出生，1938年参加八路军。1955年转业到外贸部人事局，后调中国轻工业品进出口总公司工作。1984年离休，2015年去世。

戴流的丈夫张雄（1908—1963），原

▲ 戴流在给儿子写信，摄于1964年

名张德仁，又名张冠英。江西省瑞金县人。1930年参加红军，同年入党。土地革命战争时期，任红四军连政治委员、办公厅秘书、特务营连政治委员、野战医院政治委员，曾任红一军团司令部第四科科长，参加了长征。抗日战争时期，任八路军115师司令部第一科科长、团政治处主任、团政治委员、师政治部秘书长兼统战部部长，中国人民抗日军政大学第一分校政治委员兼政治部主任，滨海军区第二军分区政治委员。解放战争时期，

任鲁南军区第一军分区司令员、山东军区第十师政治委员、鲁中南军区政治部主任、第三野战军35军副政治委员。新中国成立后，任华东军区海军第七舰队政治委员、海军舟山基地政治委员、海军干部部部长、海军政治部副主任兼干部部部长。1955年被授予少将军衔。

1963年8月，张雄因肝硬化腹水住院。在病危之际，他嘱托妻子戴流三件事："要做好工作，带好孩子，照顾好老太太。"戴流把丈夫的遗嘱铭记在心。

▲ 全家福，前排左起大妹张昭馥、二妹张昭惠、小弟张昭国、大弟张昭强，站立者张昭兴，母亲怀抱为小妹张昭梅，1955年摄于北京

1964年春，为了安排婆母的生活，戴流带着一个儿子和一个女儿回老家江西瑞金下洲坝探亲。戴流到家后，地方各级政府很关心，乡亲们也都很热情。组织上对她的行程作了周密的安排，带她参观了不少地方，使她受到很大教育和鼓舞。

对于"带好孩子"，戴流的理解不只是让孩子吃饱穿暖，更重要的是抓好思想教育，要使孩子树立远大理想，培育健康的品格，真正做一个对国家、对人民、对社会有用的人。所以，从老家回来以后，她就给当时在部队当兵的长子张昭兴写了这封语重心长的信，讲述自己回老家的感受，教育儿子要继承父辈遗志，脚踏实地地工作，把革命事业进行到底。在父母的教育和影响下，张昭兴兄弟姐妹六人分别在各自的岗位上，较好地书写了自己的人生。

▲ 张雄在世时的最后一张全家合影，1961年摄于北京，手工上色

愿你锻炼成钢

1968年3月2日 滕代远致儿子滕久耕

耕兄：你的来信收到,我们很高兴。古人说,"金张掖,银酒泉"。形容它出产大米很富足。我于一九三四年为修建兰新铁路事,路过张掖,想近今铁路通车了,各种建设必定增多了,人民生活按前更好了,就是靠近沙漠地区,气候变化不定,棉衣不能离身,望注意,不要感冒生病。当兵首先要服从命令,守纪律,兵爱兵,爱官,官爱兵,兵爱人民群众,读毛主席的书,听毛主席的话,按毛主席的指示办事,做毛主席的好战士,尤其要好好准备吃大苦,耐大劳,夜间演习紧急集合,长途行军马上参加战斗,同敌人拼刺刀,英勇的杀敌人的思想,养成战斗作风。向贫下中农出身的战士学习,交知心朋友。把我布衬领送你。二条。望你写一信给你那个同学,拿去小明的书(第四本)赶快退回我。愿你锻炼成钢,身体健康。

父字

一九六八年三月二日

耕儿：

你的来信收到，我们很高兴。古人说，"金张掖，银酒泉"。形容它出产大米，很富足。我于一九五四年为修建兰新铁路事，路过张掖。想迄今铁路通车了，各种建设必定增多了，人民生活较前更好了。就是靠近沙漠地区，气候变化不定，棉衣不能离身，望注意，不要感冒，生病。当兵首先要服从命令，守纪律，兵爱兵，兵爱官，官爱兵，兵爱人民群众，读毛主席的书，听毛主席的话，按毛主席的指示办事，做毛主席的好战士。尤其要

▲ 滕代远、林一夫妇在一起，摄于1939年

好好准备吃大苦，耐大劳，夜间演习，紧急集合，长途行军，马上参加战斗，同敌人拼刺刀，英勇的杀敌人的思想，养成战斗作风。向贫下中农出身的战士学习，交知心朋友。把我布衬领送你二条。望你写一信给你那个同学，拿去小明的书（第四本）赶快退回我。愿你锻炼成钢，身体健康！

父字

一九六八年三月二日

家书背景

滕代远（1904—1974），湖南麻阳县人，苗族。他是我国老一辈无产阶级革命家，曾因与彭德怀一起领导平江起义而闻名中外，新中国成立后又为新中国的铁路事业作出了重要贡献。

滕代远有五个儿子，长子久翔、二子久光、三子久明、四子久耕、五子久昕，除长子外其他四个儿子都先后参军。1968年久耕离家那天，全家像欢送战士出征一样送他。滕代远不时地一遍遍检查孩子的行装，又把一部《毛泽东选集》送

▲ 滕久耕

给久耕，语重心长地叮嘱儿子："到了部队一定要努力学习毛主席著作，不要忘记革命前辈创业的艰难，向工农出身的战士学习，做雷锋式的好战士。"

久耕到了部队后，主动要求到炊事班工作，脏活累活争着干，处处吃苦在前，群众称他是"活雷锋"。过了一段时间，儿子写信给爸爸，汇报自己在部队工作学习的情况，滕代远阅后欣然提笔，给久耕写了这封信。从信中可以看出，滕代远对子女的要求非常严格，从不让孩子们以干部子弟自居，更不许搞特殊化。

愿你锻炼成钢

▲ 滕代远同志一家在北京寓所，左起：三子滕久明、滕代远、五
子滕久昕、夫人林一、四子滕久耕

　　1970年盛夏，在陕西某基地工作的久耕因公脑颅骨严重损伤，昏迷
不醒。知道消息后，因病卧床的滕代远翻来覆去睡不着，回忆着儿子的往
事。最后在妻子的建议下，他派警卫秘书到基地看望久耕。当警卫秘书要
启程的时候，滕代远拄着拐杖送他到门口，并严肃地嘱咐："你到了部队，
一定要服从组织上的安排。我的意见是两条：一是如果孩子能抢救活，要
尽力抢救，因为孩子还年轻，还能为党和国家做工作；二是如果确实没有
希望了，我们不能提出任何要求，一切按照部队上的规定办。"秘书到基

地不久，滕代远接到中央通知，让他参加党的一个重要会议，他立即让警卫秘书回来。决不因私事影响工作，这也是他多年来严格遵守的一条准则。在医护人员的精心治疗下，久耕脱险复苏，又经过一段艰苦锻炼，逐渐恢复了记忆。

在滕代远的关切和严格要求下，几个儿子都在各自的工作岗位上努力工作，刻苦钻研，取得了优异的成绩。尤其是久耕，被国防科委党委树为"雷锋式的好干部"，从部队转业后，到广东粤海石化储运公司任职，后当选第五届全国人大代表。

在战火中成长

1970年1月17日 胡华致长女胡宁

家书原文

胡宁①：

信悉。关于你的历史回忆，是你在很幼小的时候，经历过革命战争的风雨。你生于1946年9月21日。由于国民党军猖狂进攻张家口，我们执行毛主席的"不以保守一城一地为目的，而以消

---

① 胡华的长女，1946年生，长期从事教育工作，退休前为北京市东城区教育局党委宣传部干部。

灭敌人有生力量为目的"的伟大战略方针，在9月20日撤离张家口市（该市于10月10日最后弃守）。行军一天之后，你于21日生于张家口市以南的怀安县的一个小山村里。只休息了几天，又继续行军，到察哈尔省南部的蔚县，后又行军经灵丘到河北的阜平——抗日根据地中心。所以，你在月子里是在革命战争的行军生活中渡〔度〕过的。满月以后，党分配我们到冀中根据地工作。我们又启程，从唐县

▲ 胡华在江西余江"五七"干校养猪时留影，摄于1971年

通过平汉铁路敌人封锁线，是在黑夜里，由地方游击队派大车护送我们过铁路封锁线的。后经安国而到冀中根据地的束鹿县。路上夜行军，你得了百日咳。因父母要工作，把你寄养在一家贫农家里了。贫农夫妇每天要下地劳动，就把你反锁在房里，用四个大枕头围住，给你放点窝头。养母在劳动休息时才能回来给你喂奶，因生活失调，你曾发高烧。1947年秋，石家庄敌罗厉戎部要进攻冀中，你曾转移到深县。

1948年石家庄解放，我们带你到了正定，进了华北大学的保育院。1948年秋，傅作义部进攻石家庄，你曾由我们带着行军到了邢台县。1949年春，我军解放北平，你也随我们坐卡车到了北平（京）。

总之，你是在革命战争的暴风雨里诞生的。在你婴儿时期至一、二岁时，不断处在行军和动荡之中，头上有国民党飞机轰炸，经常要夜行军，尤其你刚诞生后，行军都要靠根据地贫下中

在战火中成长

69

农赶了大车护送。所以，你的生命同党、同毛主席领导的伟大革命事业是分不开的，同贫下中农的无微不至的帮助和支援是分不开的。所以，你永远不能忘记党和毛主席的无微不至的关怀，贫下中农的无微不至的照料和支援。

整党整团中斗私批修，着眼点在讲自己怎样在毛主席、党和贫下中农哺育下长大，不忘毛主席、党和贫下中农的恩情，注意不要使人对你有炫耀自己光荣历史的印象。至于我，从小家境贫寒，只是一个初中毕业生，十六岁参加革命，在前方十年，我能够为党做些工作，也完全是靠了党和毛主席的多年的培养。进城以后缺乏路线觉悟，执行了修正主义教育路线，也是靠了毛主席宽大教育，才能有今天，今后要走五七道路，同工农兵相结合。

胡刚①有一个月多未来信，你这里有信吗？奶奶和我们都很记挂他。你去信时叫他多给家里来信。此示

毛主席万岁！

爸爸

1970·1·17

家书背景

胡华，原名胡家骅。著名历史学家，党史研究专家，是中国新民主主义革命史和中共党史学科的奠基人之一。

胡华1921年12月出生于浙江奉化一个职员家庭。1937年肄业于浙江省立高等师范学校，在

---

① 胡华的次子，当时为黑龙江生产建设兵团知青。

▲ 抗日战争时期在北岳恒山边打游击边教学的胡华

家乡参加了抗日救亡运动。1938年10月5日，当时只有16周岁的胡华，经反复劝说，征得父母同意后，与奉化中学校友张岱踏上奔赴延安、抗日救国的道路。这一别就是11年未归。在炮火硝烟中又有数年无法通邮，互无消息。双亲挂念远在数千里外生死未卜的独子，日夜担惊受怕、望眼欲穿。胡华历经艰险入陕北公学学习，1939年2月参加中国共产党。直至1949年初，胡华才得以与家人取得联系。他当时在河北正定（属华北解放区）任华北大学第八区区队长，父母和姐姐胡雅卿收到来信喜极而泣，立即回信并寄了照片。看到多年未见的母亲因煎熬而憔悴衰老的面容，胡华百感交集，特赋诗一首："母在江之南，望穿锦溪水。烽火连十载，念儿母颜毁。梦回离别日，慈母依稀泪。会当唱大风，始报三春晖。"

▲ 胡华为中国人民大学复校后的学生们上公共大课

当年9月，胡华回到阔别11年的家乡，见到了日夜思念的父母亲人。1951年初，胡华安排父母到北京居住，让他们安度晚年。

▲ 胡华在临时搭建的简易木板教室亲自为复校后第一届党史专业本科生（77级）上第一堂课，摄于1978年4月21日

1949年后，胡华主要致力于中国革命史研究。1950年到60年代初，他先后担任中国人民大学中国革命史教研室副主任、中共党史教研室主任、中共党史系主任，1956年被评为教授。"文革"中受到迫害，备受折磨。1970年赴江西"五七"干校劳动改造。1972年返京担任中国革命博物馆顾问。1978年中国人民大学复校后，他先后

在战火中成长

71

担任中共党史系主任、名誉主任、博士生导师，中共中央党史资料征集委员会委员，国务院学位委员会学科评议组成员、政治学分组召集人，中国史学会常务理事，《中国大百科全书》历史学编委，北京历史学会副会长等职。

胡华发起并组织成立了"中共党史人物研究会"，任常务副会长并主编了大型丛书《中共党史人物传》（50卷）》。他还参与成立了"全国中共党史研究会（后改称中国中共党史学会）"，任常务副会长。1987年12月因病在上海逝世。

▲ 胡华与父亲、母亲、姐姐1928年在上海的合影，他当时在宁波旅沪同乡会培本小学读初小

人是要有点精神的

1979年3月18日　汤钦训致弟弟汤文藻、弟媳宾金琼

家书原文

文藻、金琼①：

　　前接信，知你们生活情况比前较好，这是较普遍的可喜现

---

① 文藻，即汤文藻，写信人的弟弟，1930年生于湖南衡山，曾任北京石景山钢铁
厂、武钢及攀钢技术员、工程师。后为攀枝花市东区人大代表，著述甚丰。金
琼，即宾金琼，汤文藻的夫人。

人是要有点精神的

▲ 汤钦训（左三）在延安抗大，摄于1937年12月

象。你们自己努力工作安排好生活，还要尽力为孩子们提供更好的学习、力求上进的条件。

最近，周颐①同志来京参加中央召开的秘书长会议——主要是搞好调查研究，沟通情况两项任务。他谈起四川情况还是好的。

我和周颐是在武大一起参加革命活动，加入共产党，俩人秘密离校经西安、临汾，然后步行再过黄河上延安抗大的。那时年青〔轻〕，什么也不怕，身体好，开始日行80里不在话下，日子久了也吃不消，记得步行过桥时，头晕、腿软，十分疲倦，互相搀扶着走（怕跌倒〔到〕深坑）。过了黄河进入边区，一路上常碰到从延安学习毕业上前线的青年，都说你们上延安抗大，正是好时机，艾思奇讲哲学……毛主席还亲自上大课，作报告呢！到了边

①周颐（1914—2013），山西夏县人。武汉大学肄业。1937年加入中国共产党。后入延安抗大学习。曾任晋绥行署干部科科长、中共中央晋绥分局青委书记。新中国成立后，历任川西区党委副秘书长、重庆市委书记、四川省委秘书长、四川省第五届政协副主席等职。

区，精神更加焕发，减轻了疲劳，加快步行速度。确实，人是要有点精神的，它可以鼓舞人们提高斗志，战胜困难。一九三六〔五〕年就参加一二九青年运动，一心要革命，抗日反蒋，科学、工业救国，国强民富，建设没有剥削、压迫、平等、自由、民主、富裕的社会。前一段在党和毛主席领导下，较快的在四九年取得人民民主专政的伟大胜利。一九五七年前，我们的事业发展进行的顺利。不幸的是后来反复多次的折腾，反右扩大化、大跃进、反右倾、四清、文化革命……失误不少，耽误了几十

▲ 汤钦训（左）与弟弟汤文藻，1982年12月摄于攀枝花

年！人民的生活，相对临近地区，应该是落后了。三中全会以来，进入了新的历史时期，党的路线方针政策，重新步入正确稳定的轨道。现在是形势很好，存在潜伏危机。只要实事求是，循序前进，扎扎实实，我们的事业是很有信心，有希望的。再经过三五年的调整、改革，会较快取得明显的进步。

学庄①上月初因病住院治疗，最近好些，人到年老，各部位都劳损，抵抗力弱，容易犯病，自然规律。

祝好

钦

三月十八日

————————

① 学庄，指写信人的夫人何学庄，1919年生于湖南省长沙市，1936年参加"中华民族解放先锋队"，宣传抗日救亡，并任地下交通员。1940年入延安医大学习，后长期从事医务工作，曾任北京协和医院医务部主任，1983年离休。

家书背景

写信人汤钦训（1915—2006），湖南衡山人。他在家乡读完小学后，13岁离家到省城岳云中学及武汉大学读书。1935年在武大与同学李锐、朱九思等参加"一二·九"爱国运动，1937年10月由同学刘西尧介绍加入中国共产党。同年11月经八路军武汉办事处董必武同志介绍，秘密离校去延安。

汤钦训在延安抗大毕业后，进入延安马列学院学习，先后受到陈云、李富春、张闻天等同志的教诲，参与组建延安中国自然科学研究院，并担任延安兵工厂厂长。1946年跟随陈云同志离开延安，进驻东北，先后担任东北军工部鸡西办事处主任、沈阳文官屯五十二兵工厂厂长。新中国成立后，历任哈尔滨飞机厂厂长兼总工程师、航空工业部科技局局长等职，曾率中国航空工业代表团出席在德国举行的世界航空博览会。在中国航空工业成立40周年时，他被授予"特别荣誉奖"。1992年离休后享受副部长级待遇。

离休后，汤钦训夫妇将多年积蓄的30万元捐献给浙江平湖市新华爱心教育基金会，以帮助那些因家庭贫困而上不起大学的优秀青年。

据收信人汤文藻先生介绍，汤钦训对亲属要求很严，从来不允许他们利用他的关系搞特殊化。"1982年11月二哥来我们攀枝花市视察，他知道我们这里是共生矿，其中含有丰富的钒和钛，这在航空工业上是很需要的，他亲切地对我说：'你在攀枝花工作很有意义。'曾任攀枝花市委书记的徐驰，是他在延安抗大的老战友，私交甚好，但二哥却从来没有向我提及过。"

应永远为社会做好事

1995年1月8日 李真致弟弟李振岐

[39]. 95.1.8.　[40] 95.1.9.

中国人民解放军总后勤部 1

振岐：

好些个月没有通信了，近你好何？年纪大了，特别要注意，适当的锻炼身体，保主要的是精神情况。社会上、党内出现了腐败现象，相当一些人道德败坏。民族意识沦落，越来越严重。打着共产党的招牌，指桑骂槐的内，说假话，办坏事，比比皆是。为生气的话，那气死何该的。

一个人来到人世间，应该有做人的道德准则和目标。他们不应该蛮专横，忘记的破坏社会公

中国人民解放军总后勤部 2

德、一心为私、一心为钱。

我也经常想，我们老一辈革命者面对帝国主义把半殖民地的地变成对反迫害，把人民沦反动统治者和他们的对内踏宰人民对外实行卖国政策才起来革命的命的，抛头颅、撒热血、赴汤蹈火在所不辞。为采得预料到革命胜利之后，像今天那种忘志社会的各种，甚至有过而无及。那些为那种的想法和做法感到一种痛悔。然而，人类的历史总是要向美好的未来前进的。这就坚定了信念。不仅是去那种引发起对的。现在、将来而且应该永远为社会

中国人民解放军总后勤部 3

做好事是绝对的对的。历史几千年都已证明了。

为此，我过去节衣缩食节约一点钱拿出来为教育事出力。累事但积水难以解渴，于是把我收藏名家的一些字画爱地拿出来拍卖，所得50多万元捐赠给河北某县一所高中学校。那也是我的家乡。年纪大了，身体多病实点愁高级营养都都会不好，人活再活没久，这种无偿捐赠的东不去管为好。这些想心的细想能延我是写威诗。但为人民为社会，各后代办，好好事是顺理成章的，不怕动摇这个决心。此事

中国人民解放军总后勤部 4

目前正在积极努力进中，可能还会遇到阻力，那不奇怪，困难是会出现的。我全家统一了思想，决心全心全意，办好好这件事。我相信会得到党，和其他家人的支持。

我的身体，身况以下，最近心脏病经常复发，去年十月住了近20天医院，把药调整了一下，稍有好转，但老年人容易咳病有发作。去年我就是七十、高龄了，老种的毛病就越得越多，好在我的精神一直是乐观的，您想也已七十多了，身体也听素你把的精神也很好，对我的病很关

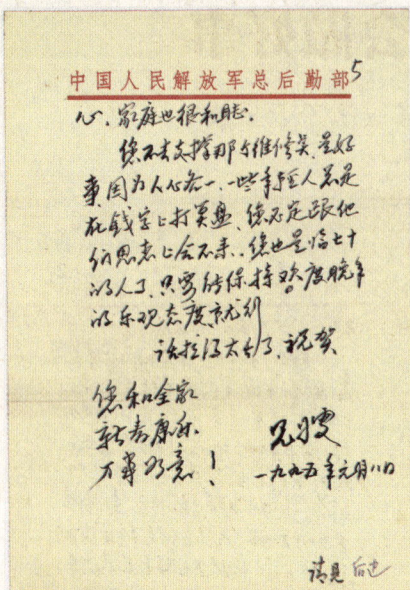

家书原文

振岐：

　　好几个月没有通信了，近体如何？年纪大了，特别要注意适当的锻炼身体，最重要的是精神愉快。社会上、党内出现的腐败现象，相当一些人道德败坏，民族意识沦落，越来越严重，打着共产党的招牌，挂羊头卖狗肉，说假话，办坏事，比比皆是，如生气的话，那"气死何该"啊！

　　一个人来到人世间，应该有做人的道德准则和目标，他[们]不应该毫无廉耻的破坏社会公德，一心为私，一心为钱。

　　我也经常想，我们老一辈革命者，面对旧中国半封建半殖民地的地主阶级，面对压迫剥削人民的反动统治者和他们的对内残害人民、对外实行卖国政策才起来革他们的命的。抛头颅、撒[洒]热血、赴汤蹈火，在所不辞。如果能预料到革命胜利之后，像今天那种丑恶社会的复辟，甚至有过〈之〉而无不及，那〈会为〉当初那种想法和做法感到一种后悔。然而，人类的历史总是要向美好的未来前进的。这就坚定了信念，不仅过去那种行为是对的，现在、将来而且应该永远为社会做好事，是绝对的对的，历史几千年都已证明了。

　　为此，我过去节衣缩食、节约一点钱拿出来，想为教育事业办点事，但杯水难以解渴，于是把我收藏名家的一些字画割爱地拿出来拍卖，所得50多万元捐赠给永新县建一所高中学校。那也有人说："你年纪大了，身体多病，自己买点较高级营养品你都舍不得，人能再活多久？这种克俭、操心的事，不去管为好。"这些好心的劝阻，当然我还是要感谢，但为人民、为社会、为后代办点好事是顺理成章的，不能动摇这个决心。此事目前正在积极的办理中，可能还会遇到阻力。那不要紧，困难是会克服的。我全家统一了思想，决心全心全意的办好这件事。我相信会得到您和其他家人的支持〈的〉。

我的身体，每况日下。最近，心脏病经常复发。去年十一月住了近20天医院，把药调整了一下，稍有好转，但老年的衰老症每有发作。过了年就是步入七十八高龄了，各种老年病会越增越多，好在我的精神一直是乐观的。您二嫂也已七十三岁了，身体也渐衰老，但她的精神也很好，对我的病很关心，家庭也很和睦。

您不去支撑那个维修点，是好事，因为人心各一，一些年轻人总是在钱字上打算盘。您必定跟他们思想上合不来。您也是临七十的人了，只要能保持欢度晚年的乐观态度就行。

话拉的太长了。祝贺
您和全家
新春康乐
万事如意！

兄 嫂

一九九五年元月八日

▲ 李真告别家乡参加长征时留影，摄于1932年

应永远为社会做好事

79

家书背景

李真（1918—1999），江西省永新县黄门坊村人。1930年加入共青团，1933年转入中国共产党。1932年加入中国工农红军，参加了二万五千里长征以及土地革命以来各个历史时期的多次斗争、战役和战斗。新中国成立后，参加了抗美援朝战争。从1953年10月起，先后担任军事学院政治部干部部长、军副政委、政委、军委防化兵部政委、军委工程兵政委、解放军总后勤部副政委等职。1955年被授予少将军衔，是中共十大代表。

李真的一生具有传奇色彩。他从一个农村的放牛娃，成长为一位文武双全的将军；从一个只读过九个月私塾和一年列宁小学的半文盲，成为一位颇有名望的诗人、书法家；他在革命生涯的枪林弹雨中，多次被敌人的弹片穿透胸膛，却顽强地获享八十多岁的高寿；他离休后，晚年身患胃癌，还为革命老区的经济建设和教育事业呕心沥血。支撑他顽强抗争的动力是："要为社会、为人民做点儿什么……"

李真在1994年1月1日的日记中写道："新的一年今日起开始了。近一个时期来，总觉得人体抵抗力加快了走下坡路的步伐，似乎经不住风吹草动。真到风烛快尽时，常有后世安排的想法。但还是在心情

▲ 李真（右二）和纳西族妇女陈向英（左二）及其儿子（左一）等人在红二、红六军团渡江纪念碑前合影，摄于1983年11月

▲ 李真将军离休后临池之乐

上有矛盾的撞击，我希望能多活几年继续为人民做些好事，我想把我的一些书画作品交给井冈山，这里是武装夺取政权的发源地，是毛主席创建最早的革命根据地。这个井冈山在中国新民主主义取得胜利中，有过了不起的作用。它又是我的故乡，对它有特别怀念之情。这样一想又觉得我还不老，许多事情似乎还在推动我前进。因此我不能在'老'字上退却，打起精神来，要像在长征中一样克服困难。"①

1995年，李真将自己珍藏了多年的名家字画拍卖，筹款56万元，全部捐给了永新县禾川中学兴建教学大楼，并带病到南昌参加省政府举办的捐款仪式。

李真在人民军队这座革命的熔炉里历经锤炼，孜孜不倦，自学成材。离休后更是嗜书如命，博览群书。他知识渊博，精通古今，辛勤笔耕，获得了丰硕的成果。先后创作并出版了《烽火岁月》《老年学书法》《李真诗

① 李晓林：《爸爸，我们心中的丰碑》，见《李真纪念文集》，322~323页，未正式出版。

词集》《李真诗稿》《李真书法选》《纪念毛主席诞辰一百周年书法集》《无悔人生》等著作，成为一名享有盛誉的"将军诗人""将军书法家"。他曾任中国书法家协会理事，分别在北京、南昌、兰州等地举办过作品展，受到社会各界的赞誉。国画大师李可染先生观看李真书法展后说："李真的作品结构严谨，线条美，苍劲有力。"萧克将军挥毫题赞："昔日扬鞭弛山海，今朝挥翰舞龙蛇。"

▲ 李真与家人（前排中为母亲，后排中为李真、右为李振岐）合影，1956年摄于南京

中 编

峥嵘岁月 血沃中华

我没钱寄回来养你老人家

1930年11月27日 朱锡绍致祖母

祖母大人呀[①]：

我自从拜别你老人家后，不觉得就半年了，但是现在家里状况怎么样，我亦不晓得。因为不能通信的关系，不能随时写信来问候你，请你老人家要恕我的罪。现在我在军队里头工作，身体很好，并且一切的事情我亦能留心，觉得非常快乐，但你老人家要常常保养身体为重。我的妻呀，你在家里要时□□平，侍奉祖母与同我在家一样，不要随你性情行为。如可你不能在家安心工作，随你自由结婚罢了。兄弟嫂娣侄子亦要听祖母的教训，不要对口，使她老人家不悦，我想你们亦安康呀。目前我在廿二军一九二团一连当军需长，现在我身边金钱困难，所以没钱寄回来养你老人家。我而今告诉与你，恐怕今年我不能归家过年了，我要参加打南昌九江胜利，请你不要怀念与我。你接到我的信后，务需马上把家里的状况详细的给我一封信，我就不会时常挂念吓。回信送廿二军一九二团一连携交吉安一带。

不肖孙　朱锡绍[②]

于吉安富田圩

一九三〇年十一月廿七日

多年前，赣南南康县龙回乡朱昌阶（已故）在拆除祖传老屋的土砖墙

---

① 信中"呀"、"吓"为赣南地方客家用语。
② 落款的"不肖孙　朱锡绍"，"绍"字涂改过，经了解，烈士在家用名"朱锡绍"，参加红军用名"朱锡照"，写信时一时笔误，又改正过来。

我没钱寄回来养你老人家

时，发现墙缝中用粗蓝布包裹着一封信。由于阴暗潮湿，外层蓝布已腐朽成碎片，无法留存。信封也残损严重，仅内笺有少许虫蛀，可窥全貌。

信末署名是"不肖孙朱锡绍"。经查1982年《江西省革命烈士英名录》，其上记载有南康县龙回乡306名烈士，其中第256名即朱锡绍。朱锡绍是龙回乡社下村人，1901年生，高小三年文化，父亲早年故去，母亲改嫁，从小由祖母抚养长大，1930年4月参加红军，已婚，无子嗣。朱锡绍在信中说"在廿二军一九二团一连当军需长"，后在反围剿战斗中牺牲，其妻改嫁信丰县。

信封正面右上角还能依稀辨认出紫色的"挂号"字迹残痕，贴8分邮资，应是单挂号。在信封残片上，仅留存"……命委……会转……乡苏维埃政府交……同志启"字样。经考证，其收信地址全称为"江西省南康县革命委员会转龙回乡苏维埃政府交朱昌阶同志启"。据了解，朱昌阶为作者的侄子，两人同龄，且关系较好，故请他收信后再转给"祖母大人"。

从家书内容看，这可能是作者参军半年来的第一封信，也是唯一的一封家信。信中说："因为不能通信的关系，不能随时写信来问候你"，在部队"觉得非常快乐"，只不过生活较为艰苦，"身边金钱困难"，"不能归家过年"等，说明作者思乡思亲之情何等深切。

集邮专家辜济成对信封残片上的邮戳进行了详细考证，认为这是目前所见唯一一件从赣中寄赣南并安全送达收信人的赣西南赤色邮政邮路实寄封，在邮史上具有重要价值。这封发自"富田圩"的家书是红军攻克吉安撤退至富田进行部队休整时所写并投寄，贴有"赣西南赤色邮政捌分邮票"一枚，传递路线依次为"富田路站""潭头路站""龙冈路站""九区路站""兴国路站""玉田赤邮分局"和模糊的"□□□站""赤路邮站""□□色邮政分局""赣县第三区政府赤色邮站""信丰县牛颈乡苏维埃政府收发章"等13个路站，行程约500里。

中国前途极为危险

1932年10月3日 周平民、周健民致父母亲

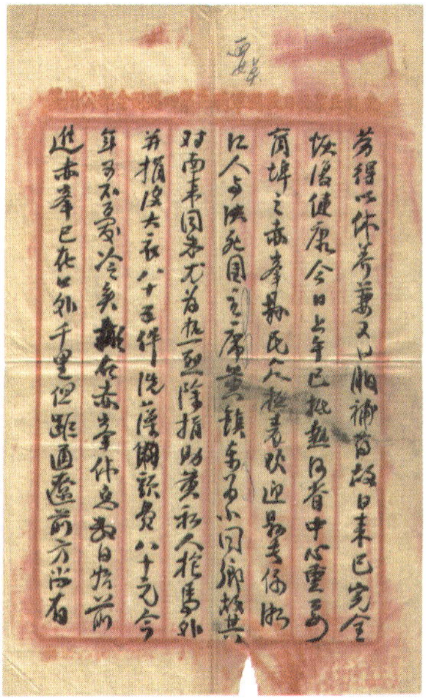

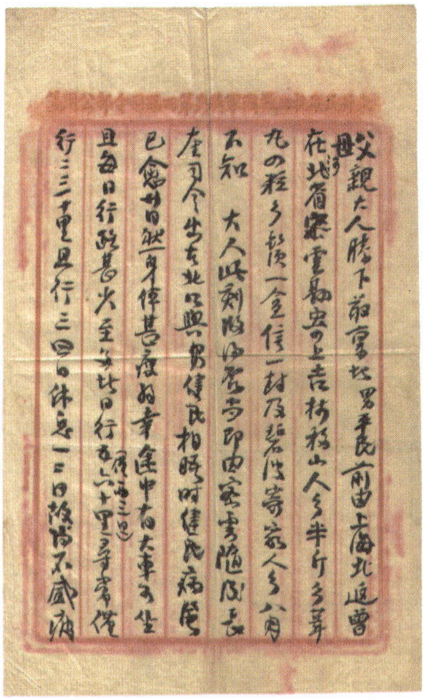

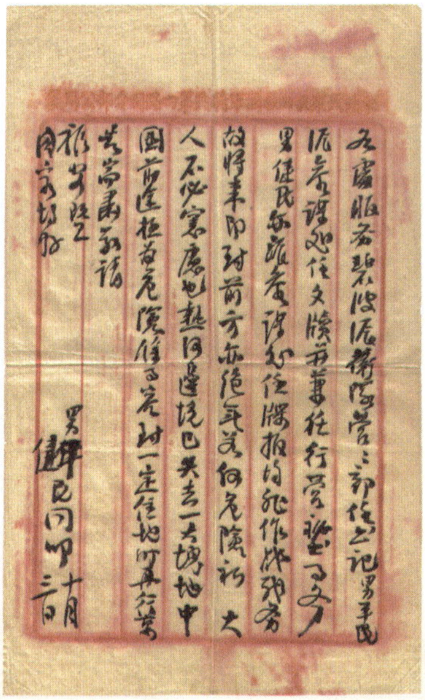

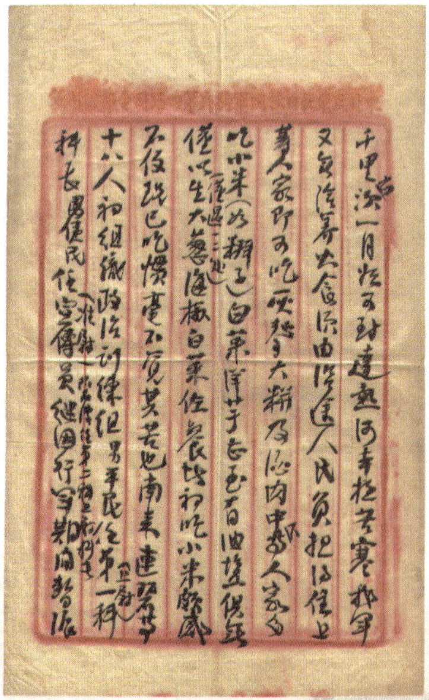

家书原文

父母亲大人膝下：

敬禀者，男平民①前由上海北返，曾在河北省密云县寄上吉林移山人参半斤，参茸九四粒，参须一盒，信一封及碧波②寄家人参八两，不知大人此刻收得否？当即由密云随成长奎③司令出古北口与男健民④相晤，时健民病虽已愈廿日，然身体甚瘦弱。幸途中有大车可坐，且每日行路甚少，至多者日行五六十里（仅两三日），寻常仅行二三十里，且行三四日休息一二日，故尚不感疲劳。得以休养兼又日服补药，故日来已完全恢复健康。今日上午已抵热河省中心重要商埠之赤峰县，民众极表欢迎。县长系浙江人，与决死团⑤主席黄镇东为小同乡，故其对南来同志尤为热烈，除捐助黄私人枪马外，并捐皮大衣八十五件，洗澡□头费八十元，今年可不忧冷矣。□在赤峰休息数日始前进，赤峰已在口外千里，但距通辽前方尚有千里，尚须一月始可到达。

热河本极苦寒，我军又无给养，火〔伙〕食须由沿途人民负担。得住上等人家即可吃□□大饼及酒肉，中下等人家多吃小米

---

① 平民，即周执中（1902—1937），四川内江人，曾用名周国正。
② 碧波，即闵碧波，也叫闵乐山（1909—1937），出生于杨家乡闵家坝，与周执中既是师生又是战友。
③ 成长奎（1898—1932），山东人，即成庆龙，擅长绘画。"九一八"事变后，他联络爱国志士，组织抗日队伍，曾任东北抗日救国军骑兵第四路军司令，在奉吉交界和蒙边地区活动，抗击日寇，屡获战绩。1932年9月，因汉奸告密，遭日寇包围，英勇牺牲，年仅35岁。1987年被山东省人民政府追认为革命烈士。
④ 健民，即周振华（1914—1933），系周平民的弟弟。
⑤ 决死团，即上海青年自愿决死抗日救国团，是宣传抗日救亡活动的组织，黄镇东任主席。

（如□子）、白菜、洋芋等，甚有油盐俱无仅以生大葱海椒白菜佐餐者。初吃小米，颇感不便，现已吃惯，毫不觉其苦也。南来连碧等十八人初组织政治训练组，男平民任第一科科长（上尉），男健民任宣传员（准尉）（碧波任第二科上尉科长）。继因行军期间暂派各处服务，碧波派卫队营营部任书记，男平民派参谋处任文牍并兼任行营秘书事务。男健民亦派参谋处任牒报，均非作战职务，故将来即到前方亦绝无若何危险，祈大人不必罣虑也。热河边境已失去一大块地，中国前途极为危险。余事容到一定住地时再行禀告。专肃敬请

　　福安暨阖家均好

男平民、健民同叩
十月三日

家书背景

　　周平民，又名执中、国正。生于1902年，四川省内江县人。1916年就读于内江县立中学。上学期间开始阅读《新青年》《每周评论》等进步书刊，积极参加学生会进步活动。毕业后，到杨家乡小学任教，后任校长。1924年参加地下党在白合场举办的"民团干部传习所"，受到革命思想的熏陶。1926年上半年加入中国共产党。从此以教书作掩护，积极从事农民运动，并担任支部书记和中共内江县委委员职务。1929年在杨家乡、石子乡等地领导农民开展抗粮、抗捐斗争。1930年8月县委机关遭敌人破坏后，秘密前往上海。

▲ 周平民

▲ 周健民，摄于20世纪30年代初期

1931年"九一八"事变后，在蔡廷锴领导下参与组织"上海青年自愿决死抗日救国团"，任秘书职务。1932年8月随蒙边骑兵队赴开鲁抗日前线，被分配在辽吉黑民众后援会开鲁办事处工作。1933年2月日寇进犯热河，由于国民党采取不抵抗政策，热河失陷，后随救国团主席黄镇东赴上海。同年冬，赴南京投考军事学校，继续从事抗日救亡活动。

1934年8月周平民在浦口从事革命工作时，由于叛徒出卖，不幸被捕，关押在南京江东门军政部中央军人监狱。在狱中，他惨遭严刑拷打，与敌人进行坚决斗争。他在身心遭受严重摧残的困境中，仍以顽强毅力坚持学习，盼望出狱后为党继续工作。由于反动当局残酷虐待，周平民于1937年被折磨致死。

周健民，又名振华、国辉，是周平民的弟弟。1927年考入内江县立中学，第二年转到安岳县续读。1929年开始参加农民运动，1930年随周平民离开内江到重庆，后辗转到上海，与哥哥一起报名参加了"上海青年自愿决死抗日救国团"。在江苏昆山和无锡经过培训后，于1932年8月北上，以满腔热情投入抗日救亡的洪流。1933年春，种种迹象表明日寇将要侵占热河。2月初，应鲁北地区①专员朱天培要求，后援会推荐周健民、庄昆容、许中华等人到鲁北前线工作。2月7日清晨，周健民等人随朱天培乘车赴鲁北，由于此次行动被汉奸刺探获悉，周健民不幸中弹牺牲，时年18岁。

---

① 此处指通辽开鲁县北部及赤峰东北部一带，当时属于热河省管辖。

在赴鲁北前线以前，周平民与周健民兄弟二人促膝长谈至深夜，不忍分离，谁知一别竟成永诀。得到弟弟健民牺牲的消息后，正在南京的平民悲痛欲绝。

在另一封残缺的家书中，周平民写道："……人望着我，也止不住我的眼泪，我几乎把全信读不下去。昨夜约十一时独自一人回到下关旅社，将来信重读一遍，又整整的痛哭一场。今晨在床上思及健民，眼泪不断的流了三个钟头，我只得起来，流着眼泪给你写回信。我自成人以来，虽未尝一日离去忧郁，然绝少悲伤痛哭，十余年来，祖母、曾祖母、母亲、小妹、蒋氏相继死去，当时虽曾痛哭，然多一哭两哭即止，从未如此次健民……"

在上海，周平民收到了外甥百均的来信，得知父母亲获悉健民死于战场后整天以泪洗面。周平民读过信后心如刀绞，于6月12日给外甥复信，请他代自己多多安慰伤心的老人。

这封信是作者哭着写的，情真意切，饱含着爱国、爱家的双重感情。眼见日本帝国主义侵我国土、杀我亲人，周平民胸中燃烧着仇恨的怒火："……这回你二舅舅在打日本鬼子的最前线死去，他为救国而死，是死得光明的，只是他在亡命途中、万里关外，与他共同飘泊、共同奋斗、相依为命的你的大舅舅忽然永远分离。……以后努力读书，将来长大了，好替你二舅舅报仇。杀完日本鬼子汉奸叛逆，把已失的东北四省从日本帝国主义的手中夺回来，以完成你为救国救民而牺牲的二舅舅的遗志。"对于外甥，他怀着无限的期望，教育他将来一定要坚定地走抗日救国的道路，去完成前辈未竟的事业。

中国前途极为危险

大家都是为着抗日的

1937年4月30日 钟士灯致父母亲

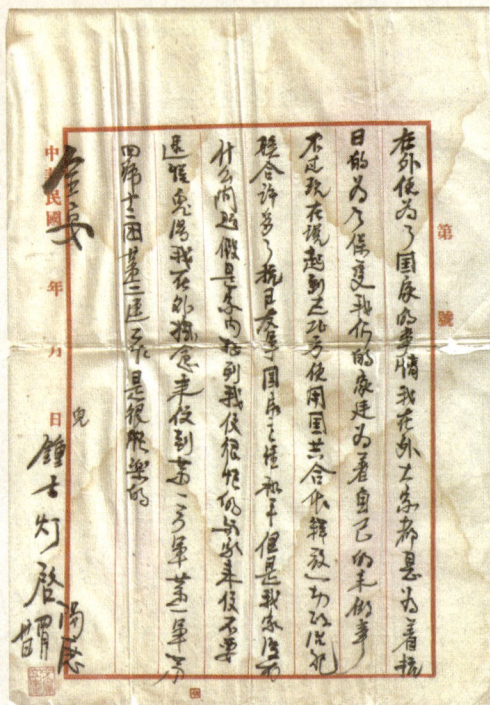

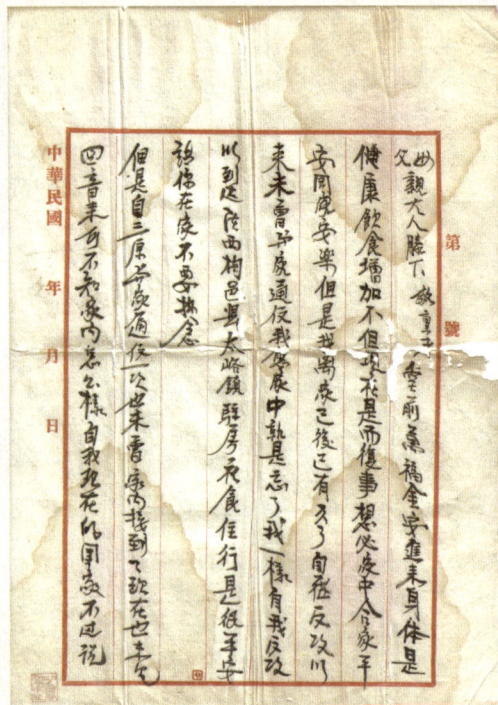

家书原文

父母亲大人膝下：

　　敬禀者堂前，万福金安！进〔近〕来身体是〈否〉健康，饮食增加不？但现在是而复事，想必家中合家平安，同家安乐。但是，我离家已〔以〕后已有〈很〉久了。自从反攻以来，未曾与家通信，我想家中就〈像〉是忘了我一样。自我反攻，以〔已〕

到达陕西枸邑县太峪镇驻房〔防〕，衣食住行是很平安，请你〈们〉在家不要挂念。

但是，自三原与家通信一次，也未曾〈知道〉家内接到了〈没有〉？现在也未见回音来，可不知家内怎么样？自我现在的国家，不过说，在外便为了国家的事情。我在外，大家都是为着抗日

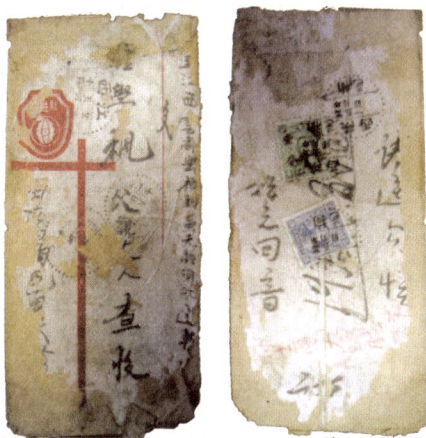
▲ 家书信封的正面和背面

的，为了保护我们的家庭，为着自己的未〈来〉做事。不过，现在说起到达北方，使用〔实行〕国共合作、释放一切政治犯，联合〈了〉许多抗日友军，国家已经和平。但是，我家没有什么问题。假是〔使〕家内接到我信，很快的与家〔我〕来信，不要递误，免得我在外挂念。来信〈寄〉到第一方〈面〉军第一军第四师十二团第三连。工作是很快乐的！
金安！

儿 钟士灯启
阳历四月卅日

家书背景

这是一位普通的红军战士寄回江西老家的信，从行文上看，作者文化水平不高，信中错别字较多，语句上有多处不通顺的地方。据这封家书的捐赠者周立峰先生考证，它的作者是一位经过长征到达陕北的江西籍红军战士。信封是用黄色牛皮纸做的，正面和背面均裱有白色宣纸，贴票完

大家都是为着抗日的

好，邮戳清晰，邮路准确。

中式信封的正面左上角套红印有国民党"新生活运动"的宣传标志，标志下面的交叉的红色粗线和信封左边的细红线将信封分为三个区域。右栏书写"至江西雩都县桥头黄天口河北递转交"，中间为"钟学枫父亲大人查收"，左栏为"自陕西栒邑县口口"，销西安中转戳和江西落戳。

信背贴1931年单圈中山像贰角和1937年中山像北平加盖楷体壹分邮票各一枚，销陕西栒邑民国廿六年五月一日戳，残留挂号签条，符合当时双挂号（回执）的邮资规定。邮票右侧写有"请递勿误"，左侧写有"口之回音"。

此信写于1937年4月30日，5月1日寄出。当时，国共之间通信规定只能用"中华邮政"的邮票，盖"中华邮政"的地名戳。寄出地栒邑是陕甘宁革命根据地辖区，1937年3月红四师从三原县（八路军成立地）开赴栒邑（今旬邑）练兵。收信地雩都县（今于都）桥头乡是原中央苏区根据地，是红军长征主要集结地和出发地——"长征第一渡"。

信中透露，寄信人所在部队是红"第一军第四师"。据军史记载，该师的师长为李天佑，政委是杨勇。作者写这封家书的时候，抗战还没有全面爆发，红军尚未改编为八路军，正处于西安事变后，国共两党就第二次国共合作进行谈判的时期。1937年8月25日，中共中央军委毛泽东、朱德、周恩来发布命令：中国工农红军改编为国民革命军第八路军。同年9月11日，国民革命政府军事委员会按全国海陆空军战斗序列，将第八路军改称为第十八集团军（此后仍沿称八路军，其指挥机关仍简称总部），朱德改任总司令，彭德怀改任副总司令。

1937年9月22日，国民党中央通讯社发表《中国共产党为公布国共合作宣言》。次日，蒋介石发表谈话，指出团结御侮的必要，事实上承认了中国共产党在全国的合法地位。至此，国共两党第二次合作正式形成。上面的这封家书虽然只是一封普通的民间家信，却是第二次国共合作的一个实物证明。

我不断梦见妈妈和弟弟

1938年7月17日 刘中新致母亲

母親大人尊前膝下敬禀者

自從去年五月至甘肅省的時候幾到家中回信兩封我還至原地休息到八月一号開山西縱馬車站休息了兩三日兄又給家中寄了一封兩封內有像片兩将到第二天生火車開往河北省以來又給家去了致我几封信的始末有接到家信一封也不知道兄寫給家

信也收到了没想念的現在也不知我弟昌抬還在家裡没有兄在外掛念幼以我不斷夢見我妈~和我的弟~見了我的妈~以竟老得不像了左前天的夜裡正在睡安覺的時然忽我就大喊起来然而喊了一声叫我在一塊兒睡的同老聽着了他說叫惺我問我喊什么我当時也说不出仔細一想原来

是作了一個夢到上午吃起午飯的時候我正左彦子裡臥着着些愁然有一位同老說道送信的来了我聽道了就连忙跑到外边去着着我見有收发的家信我着了半天都是为人的毫无我沒有我的一封人家接到了家信把家裡的情形都知道了可是我的家裡也不知什么

樣又也不知我母親和我弟~的身体为何夏季的收程如右樣又希望你接到了此信連~的回知著照現在我在八路軍二至希三四三旅三郎官宣家工作和只住很好的朋友都在一塊工作每天談~笑~不带供弟問時我的身体也很好请你不必想念我現在也不知我妹~身

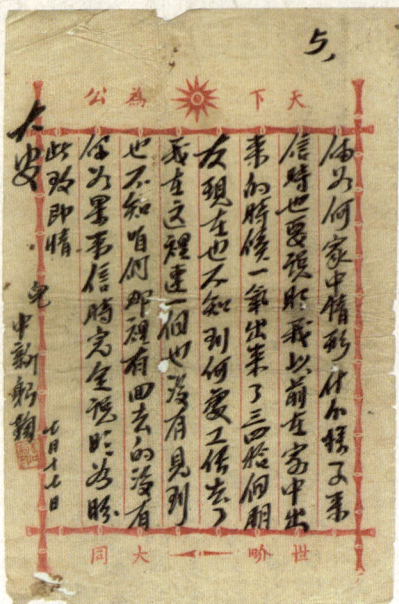

家书原文

母亲大人尊前膝下敬禀者：

儿自从去年五月在甘肃省的时候，接到家中回信两封，我还在原地休息，到八月一号开往山西侯马车站休息了两三日，儿又给家中写了一封，内有像〔相〕片两张。

到第二天又坐火车开往河北省以来，又给家去了数拾封信，始终未有接到家信一封，也不知道儿写给家信收到了没？想念的，现在也不知道我弟昌桥还在家里没有？儿在外挂念。所以我不断梦见我妈妈和我的弟弟。

在前天的夜里正在睡安〈稳〉觉的时〈候〉，忽〈然梦〉见了我的妈妈，妈妈以竟〔已经〕老得不像了。我就大喊起来，忽然喊了一声，同我在一块儿睡的同志听着了，他就叫惺〔醒〕我问我喊什么，我当时也说不出，仔细一想，原来是作〔做〕了一个梦。

到上午吃把〔罢〕午饭的时候，我正在房子里卧着看书，忽然有一位同志说道："送信的来了！"我听道〔到〕了就连忙跑到外边去看，我见有好多的家信，我看了半天都是另〔别〕人的，原来没有我的一封。人家接到了家信，把家里的情形都知道了，可是我的家里也不知什么样子，也不知我母亲和我弟弟的身体如何？夏季的收程〔成〕什么样子？希望你接到了此信速速回知为盼。

现在我在八路军一一五师三四三旅旅部副官处工作，和几位很好的朋友都在一块工作，每天说说笑笑，非常快乐，同时我的身体也很好，请你不必想念。现在也不知道我妹妹身体如何，家中情形什么样子，来信时也要说明。我以前在家中出来的时候，一气〔起〕出来了三四拾个朋友，现在也不知到何处工作去了，我在这里连一个也没有见到，也不知咱们那里有回去的没有？你如果来信时完全说明为盼。

此致，即情〔请〕

大安

儿　中新　鞠躬（刘中新印）

七月十七日 [1]

家书背景

家书作者刘中新，谱名刘昌榜，江西省吉安市青原区东固畲族乡人。20世纪20年代末参加红军，经长征到达延安，抗战时期在八路军115师政治部和343旅工作。据他的亲属讲，刘中新在新中国成立初期还给家里写过一封信，并寄来一张穿军官服的照片，但不知什么原因，最终未能与家人联系上，这张照片后来也下落不明。因此，寻找刘中新便成了全家人一个等了几十年的愿望。

刘中新的家乡东固曾有2 400多人参加红军，大约占全区总人数8 000人的30%。由于当时东固区扩红支前工作做得好，全区青年踊跃参军，出现了招募到整营（二三百人）整连（一百多人）红军的喜人局面。1930年10月攻克吉安后，曾有一次性500多人参加红军的盛况，因此东固区曾被

---

① 据考证，此信写于1938年。

我不断梦见妈妈和弟弟

评为中央苏区一等模范区。据1934年的统计，在主力红军长征后，东固区青壮年劳力不足400人。新中国成立后统计，东固区有名有姓的烈士达1 400多人，无名烈士就更多了，由此可见东固人民为中国革命做出了重大贡献。

近年来，东固根据地研究会会长丁仁祥曾多方查询刘中新的下落。丁仁祥查阅了相关资料，发现343旅在1939年后发展为三个部队：一是343旅686团1营、343旅685团新2营、343旅补充团三部分演变为今天第38军的334团、335团、337团。二是原属红一军团红二师后为343旅685团（缺2营）发展为八路军苏鲁支队，再演变为第43军127师的一部。三是原属红一军团"模范红五团"的343旅685团2营演变成八路军晋察冀军区第五支队，并与686团3营和旅部机关一起发展为今天的第16军46师的136团。136团包括了当年的343旅部机关，他们在1938年9月改编成八路军东进抗日挺进纵队，并由肖华带队进入山东乐陵。刘中新随343旅究竟进入了哪一支部队，尚需深入调查，希望知情人提供相关信息。

我时刻想念着你及北北

1942年1月13日 左权致妻子刘志兰

99

家书原文

志兰①：

去年十二月间给你一信，因去延人推迟，听说还未送出，现就有人去延之便再写几句给你。

对于你及北北②是我时刻想念着的，可是近半年来没有接到你的信，一切情形都不清楚，更增我的悬念。据最近由延（去年十月间离延）来人说你可快进学校了，同时又听到别的传言，说你入学事已成泡影，究竟怎样？有便多写信给我，我极愿经常知道你及北北的一切。

一九四一年又过去了，这是整个世界局势变化最大最多的一年。太行山上比较安宁，在过去的一年中，各方面的工作都有些进步，深入了一步。这是值得庆幸的。但是困难特别财政方面的困难也大为增加了。生产建设未达到应有程度，敌人封锁，物价高涨，生活为〔维〕艰，这是目前的一件大事，我们亦正在坚决澈〔彻〕底的进行精兵简政③中，近日即忙着这个工作。

据广播消息，延安过年很热闹，演大戏，开会等等，此间远不及，但一般比去年好。过年后直属队开了几天的运动大会，其

_____

① 志兰，即左权将军夫人刘志兰，1917年生于北京，1992年去世。
② 北北，即左权将军唯一的女儿左太北，1940年5月生于山西省长治市武乡八路军总部。因出生地武乡是太行山的一部分，叫太北区，八路军副总司令彭德怀以刘伯承的孩子叫刘太行，而建议左权的女儿取名左太北。左太北毕业于哈尔滨军事工程学院，先后在国家经委、国家计委、航空航天部等部门工作，曾任中国航空工业总公司计划司副司长，2000年退休。
③ 精兵简政，本意为精简人员，缩减机构，此处指中共中央在抗战期间实行的一项政策。1941年12月，中共中央发出指示，号召全党全军实行精兵简政，要求党、政、军各级组织机构切实进行整顿，精简机关，充实连队，提高效能，节约人力物力，并把精兵简政确定为1942年全党全军的中心工作之一。

规模虽不及一二九师运动大会之大，内容也不及那样丰富，特别是天气不及那样好，但也总算闹了几天。还有不少女同志出席参加各种表演。

李田的小孩长得很好，能走了也能敬礼，当别人拿东西给他吃的时候，他可以不要妈妈，马上跟着来，要他敬礼做别的事（他能够做的），他都可以做，为着取得吃的东西，但一到手就会向母亲怀里跑去，拉也拉不住，很好玩。他还不会讲话，能喊妈妈、爸爸，但不知道谁是他的妈妈、爸爸，乱叫一阵。想来北北一定很好玩，很可爱，对于妈妈她一定认识了，不会叫错，爸爸她一定忘记不认识了，注意勿教她弄错了爸爸（一笑）。

我的一切很好，在这寒冷的天气中连伤风的毛病也没有发生，每天除工作外还可抽点时间读书打球，牙病也没发，一切你不必担心，惟有时感觉有点寂寞。

你曾说你及北北都有贫血之感，你的身体很瘦弱，近来如何，我极担心。小东西是很怕冷的。今冬怎样？手脚没有冻坏吧？前寄的小棉衣能穿吗？经常希望着你及北北都能很好，经常希望着知道你及北北的一切。延安间或有人来前方，希勿失机会多写信给我，以慰我怀。

不多谈了。祝你好！

叔　仁
一月十三日

家书背景

左权，原名左纪权，号叔仁，1905年生，湖南醴陵人。1924年考入广州孙中山大元帅府军政部主办的陆军讲武学校。11月，左权随陆军讲武学

▲ 左权

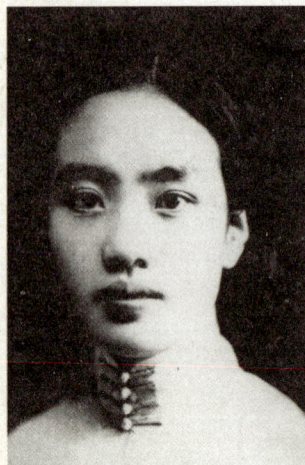
▲ 刘志兰

校一、二队学员转入黄埔军校第一期，在此期间加入中国共产党。1927年左权到苏联伏龙芝军事学院深造，1930年6月回国后，在红军多个重要岗位担任重要职务，参加了长征。1937年8月，红军改编为八路军，左权担任八路军副总参谋长。1940年参与领导了著名的百团大战。1941年取得保卫八路军黄崖洞兵工厂的"黄崖大捷"。1942年5月25日，在指挥八路军总部机关转移时，被敌人的炮弹击中牺牲，时年37岁。

当时世界有四大著名军事院校，左权读过两所，可以说是我军军事素质很高的指挥员。左权军事理论水平很高，撰写了许多关于游击战争的理论专著。周恩来称他"是有理论修养同时又有实践经验的军事家"；朱德评价他，"在军事理论、战略战术、军事建设、参谋工作、后勤工作等方面，有极其丰富与辉煌的建树，是中国军事界不可多得的人才"。刘伯承、邓小平曾回忆说：左权是"善于从实践中抽取与总结出原则的理论，发现规律，来指导新的实践"的"八路军最优秀的将领之一"。

1939年4月16日，左权与刘志兰在八路军总部结婚。刘志兰，1917年生于北平，是北平师范大学学生，年轻漂亮。他们俩的牵线红娘是八路军总司令朱德。第二年5月，他们的女儿左太北出生，太北的名字则是彭德怀给起的。女儿出生后，一家三口度过了一段其乐融融的日子。可是战争越来越残酷，日军疯狂进攻，八路军组织了百团大战。八路军总部经常转移，家属随同活动有诸多不便。8月30日，左权不得不把妻子和女儿送往延安。分别之前，三个人照了一张合影，当时女儿不满百日。谁也没有想到，这次分别竟是刘志兰母女与他的永别。

得知妻子和女儿平安到达延安，左权于11月12日给妻子写了第一封信，之后直到21个月后牺牲，他总共给妻子写了12封信，其中有一封遗失了，现存11封，本书收录的是第8封。

这些书信一直保存在刘志兰手中，1982年5月，左权将军牺牲整整40年后，刘志兰把这批珍贵的家书交给了女儿太北。左太北女士从这些家书中才知道父亲是多么爱她，每一封信中都会问到她的情况。女儿原以为父亲就是一位铁骨铮铮的军人，但从家书里她却看到了父亲感情丰富的一面。

2002年是左权将军牺牲60周年，这批家书由左太北女士主编，以《左权将军家书》为名由解放军出版社出版。2014年8月，《左权家书》由中共党史出版社重新出版。

▲ 左权与妻子刘志兰、女儿左太北合影，摄于1940年8月

我时刻想念着你及北北

妈妈，我们应擦干自己的眼泪

1946年4月25日 冯庭楷致樟、榕二兄樟①、榕②二兄：

弟自事变③后，毅然走出饥寒的家庭，参加了人民的子弟兵——八路军，将近九年光景，因不了解咱乡的社会情况，未敢冒〔贸〕然写信，恐信到家后引起不幸之事件（过去曾以做生意为名与家寄信两封，均未见回音）。

咱家的情景，我是想到的，尤其想到在贫苦的日子里熬煎着的苦命的双亲，及年迈的祖母，他们也许……我不敢往下想。哥哥，你们会意味到我没有直接给二老写信的意思吧。

由于旧社会制度的黑暗，而造成我们连年不能翻身的贫困。我们应认识，这并不怪我们的命运不好，也并不是上帝的安排，这只不过是自己骗自己，自己安慰自己的说法。我不相信我们生来就是要受苦的。难道我们就不会享福吗？！我们如果还一味的迷信、糊涂，还在祈祷、依赖上帝④，埋怨命运，那就成了笑话了。我们还是要自己跌倒自己爬，要听民主政府的话，始终跟着人民的救星——毛主席走。

灾难深重的中国少衣无食者，不仅咱一家，弟这几年来正是为了自己，为了这饥寒的一群，奔波奋斗。而当这和平建设时

---

①樟：指写信人冯庭楷的大哥冯庭枋，原名冯庭樟（1916—1995），1938年参加革命，时任太岳区安泽县五区武委会主任，生前为北京市国家安全局离休干部。

②榕：指冯庭楷的二哥冯庭榕，1919年生，1938年入党。

③指1937年7月7日卢沟桥事变。

④1934年，冯庭楷一家在当时的消极社会气氛中信奉了天主教。从1938年开始，父亲、大哥、二哥和他相继参加革命。

妈妈，我们应擦干自己的眼泪

105

期^①，弟将更努力，为群众服务，为新社会服务，一待更进一步、更彻底的完成民主和平改革的大业，而能得到巩固，那是我的光荣，是父母的光荣，是群众的光荣，是新社会的光荣。

回想当初，从家门走出，在途中独行的我，心中是怎么兴奋，但又是如何悲伤啊！爹娘呀，你这刚能扎翅远飞幼稚的孩儿，从此就不能顾念到你们了。哥哥呀，我对爹娘应敬的一切，也完全交付你们了。

入伍初期，思家心尤切。一天正在念着父亲这几年来体衰面瘦，显然是由于长期负着咱一家生死重担，常受饥寒威胁而苦愁所致。正在沉默思念，适逢父亲从遥远的家乡，在兵马荒乱中冒着一路艰险，在昔阳之皋落镇与我见面了。

父亲深锁着愁眉，睁着一对深深的大眼，看着我，但又说不出什么来。我突然感到了一种说不出来的伤惨。但是父亲内心的悲哀又是怎么样呢？

第三天，我送父亲出了村口，一阵阵的悲酸直涌上心头来，但在父亲面前强为欢欣，表露着愉快的情绪，硬着心肠说几句安慰父亲的话。我望着父亲的背影直到看不见时，方才回转身来。在父亲面前不忍流下的泪珠才一连串的淌了下来。我简直想放声大哭，啊！这也许是最后一次见面吧……一连好几天，总在担心着这一段遥远艰险的路程上年老身孤的爸爸。

中国人民的灾难，和我们一生所以得到这样的遭遇，只得憎恨日本法西斯的凶恶残暴，也不得不埋怨我国当权者的腐败无能。

提起来话儿长，记得在一九三九年的夏天，偶遇一熟人告我

---

① 1946年1月，国共两党公布停战协定，并与其他民主党派和无党派人士代表召开政治协商会议，通过了和平建国纲领等五项议案，当时称为"和平建设时期"。

说："你走后不久，即有坏分子恶意造谣云：皇军讨伐大捷，八路大部溃散，冯家儿子已毙命疆场……故家人日夜痛哭不止（特别是母亲）。"我听了，突然心头狂跳，对恶意造谣者恨之入骨。然愤恨之余，又不觉凄然泪下。妈妈，我们应擦干自己的眼泪。我万一不幸为人民战死，那也无须乎哭。你看，疆场上躺着的那些死尸，哪一个不是他妈妈的爱儿？

离别之情，一言难尽。我每次提起笔来，即想到我辈一生之患难遭遇，使我心绪撩〔缭〕乱，手指颤抖，简直写不出什么来，只好搁笔而去。哥哥，这封信，我鼓了很大的勇气和决心才写出来呢。

我现在很健壮，一切均不感困难。想咱一家最幸福、最愉快的就数我自己了，请不必顾念。我在晋冀鲁豫军区第三纵队步兵第九旅第廿六团任作战参谋，现驻在安阳西曲沟集。来信可交河南安阳交通总局转九旅第廿六团交我即可。

我在情况许可时回家一探，希千万不要来找，因部队驻防不定，或东或西，恐不易找寻。

请即来信告以祖母、父母、叔伯、婶母、兄弟姊妹等的详情。

遥祝

阖家老幼安康！

（来信示知，咱乡为平东县或平西县及第几区。）

弟　庭楷

四月廿五号（旧历三月廿三）[1]

---

[1] 此信写于1946年。

妈妈，我们应擦干自己的眼泪

107

家书背景

写信人冯庭楷的老家是山西省平定县张庄镇下马郡头村。其父冯清泰，抗日战争初期加入中国共产党，是村里最早的党员之一。到冯庭楷这一辈兄弟四人，老大冯庭枋，老二冯庭榕，老三冯庭楷，老四冯庭桂。

这封弥足珍贵的家书，是老三冯庭楷从军八年后家里接到的他的第一封信。此前，他曾寄过两封信，可惜家里没有收到。

冯庭楷生于1923年，1938年5月参加八路军。1939年3月后任八路军385旅独立二团政治处宣教干事。1940年6月后任385旅14团司令部测绘员、参谋。1943年3月在太行军区三分区（即三支队）司令部作战股任参谋。1945年10月在晋冀鲁豫野战军三纵队九旅司令部作战股任参谋。1946年1月在晋冀鲁豫野战军三纵队九旅26团司令部任作战参谋（正营职）。同年9月在山东巨野战役中遭敌机轰炸牺牲。

▲ 冯庭枋（左二）与战友合影，1946年12月摄于山西和川镇

儿在前方各方面都很好

1947、1948年 牟明亮致父母亲

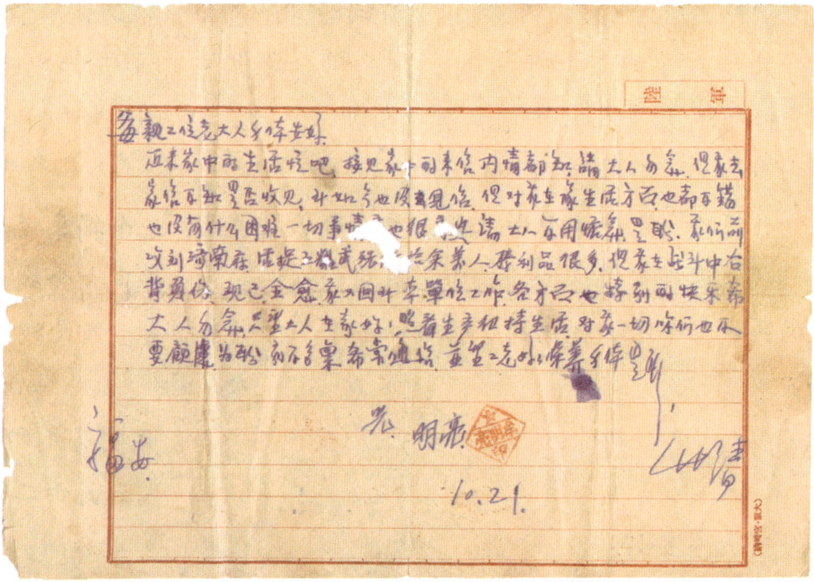

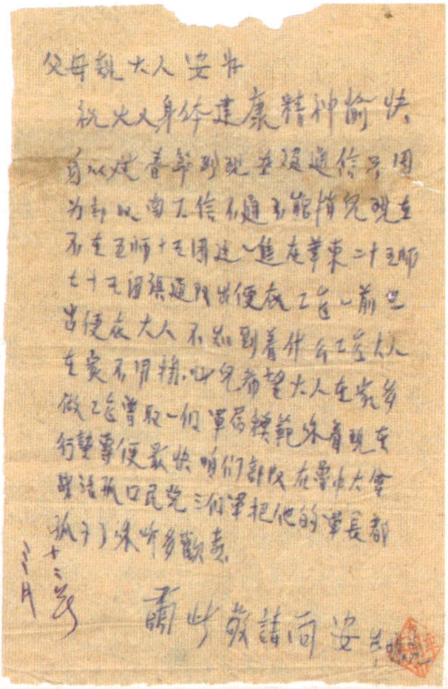

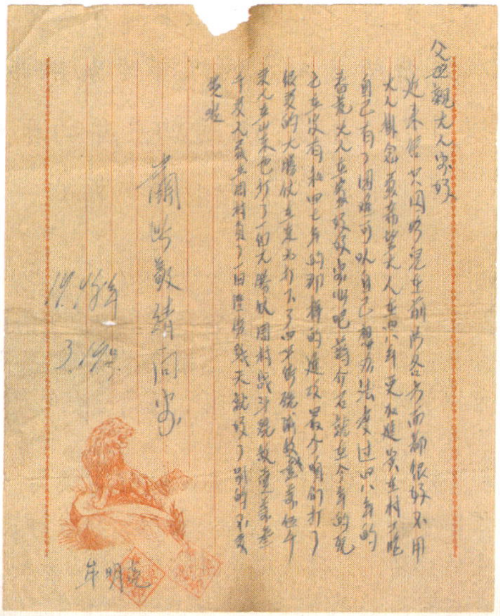

家书原文

父母亲大人安好：

祝大人身体健康，精神愉快！

自从过春节到现在没通信，只因为部队南下信不通，不能捎。

儿现在不在五师十五团，这一进，在华东二十五师七十五团①侦通队出便衣工作。以前也出便衣，大人不知道着〔做〕什么工作，大人在家不用挂心。

儿希望大人在家多做工作，曾〔争〕取〈做〉一个军属模范。

你看现在形势专便〔转变〕最快。咱们部队在鲁中大会战②活抓国民党三个军，把他的军长都抓下了。你听多欢喜。肃此敬请问安

牟明亮（印章）

三月十二号③

父母亲大人安好：

近来信，只因为儿在前方各方面都很好，不用大人挂念。

我希望大人在四八年更加进步。在村工作，自己有了困难，可以自己想办法，度过四八年的春荒。大人在家好好安心吧。

蒋介石就在今年〔的〕灭亡，在〔再〕没有和四七年的那样

---

①1947年1月，第5师等胶东军区主力编为华东野战军第9纵队，许世友任纵队司令员，当时牟明亮是华东野战军第9纵队25师75团侦通队的一名侦察员。

②信中所言的"鲁中大会战"战况指华东野战军参加的莱芜战役。1947年1月9纵成立后，2月许世友即率部西进，参加了莱芜战役。此役从2月20日至23日历时3天，歼灭国民党军7个旅，6万余人，俘获第二绥靖区副司令官李仙洲和73军军长韩浚等，使渤海、鲁中、胶东解放区连成一片，打破了国民党军南北夹击的计划，为后来粉碎国民党军对山东的重点进攻创造了有利条件。

③此信写于1947年参加莱芜战役后不久。

的进攻。最近，咱们打了很多的大胜仗。在东北打下了四平街①，歼灭敌人一万五千多人；在山东也打了一个大胜仗，周村战斗②歼敌一万三千多人。我在周村负了一回轻伤，几天就好了。别的不多谈啦。

　　肃此敬请
问安

牟明亮（印章）

1948.3.19号

父母亲二位老大人身体安好：

　　近来家中的生活忙吧？接见家中的来信，内情都知，请大人勿念。但我去家信，不知是否收见，到如今也没见信。

　　但对我在〈部〉队生活方面，也都不错，也没有什么困难，一切事情我也很高兴，请大人不用惦念是盼。

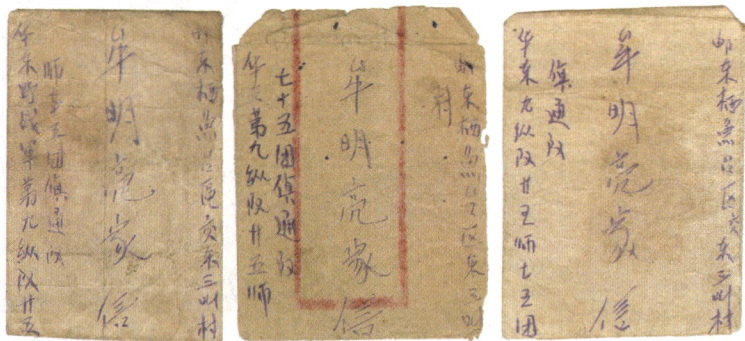

---

① 指1948年3月13日东北野战军解放东北重镇四平。
② 周村，素有"天下第一村"之称，位于山东省中部，系淄博市辖区之一。周村战斗是华东野战军山东兵团对胶济铁路上的军事重镇周村发起的一次攻坚战役。1948年3月12日晨，9纵在司令员聂凤智率领下完成了对周村的包围，牟明亮所在的25师75团担任主攻任务。经过近20个小时的激战，全歼守敌15 000多人，为我军取得胶济路西段战役的胜利奠定了基础。此信写于战斗结束后的一周左右，牟明亮在战斗中负了轻伤，他所说的歼敌数量与实际略有出入。

儿在前方各方面都很好

我们〈日〉前攻到济南府①，活捉王耀武，歼敌十余万人，胜利品很多，但我在战斗中右背负伤，现已痊愈。我又回到本单位工作，各方面也特别的快乐，希大人勿念。只望大人在家好好照看生产，维持生活。对我一切，你们也不要顾虑为盼，就不多禀。

希常通信，并望二老好好保养身体是盼。

此请福安

儿　明亮（印章）
10.21.②

家书背景

家书作者牟明亮是解放战争时期人民解放军的一名侦察兵，参加过莱芜、周村、济南、淮海等重大战役，不幸的是，在解放战争即将取得胜利的时候，他却在渡江战役中英勇牺牲。同众多革命烈士一样，关于他的事迹连家人都了解很少，但他从战场上寄回的十余封家书却有幸保存至今，使我们能够再现烈士那充满血与火的生命历程，并永远记住那些牺牲的生命的青春岁月。此处选用的是其中的三封家书。

牟明亮烈士的这组家书是北京收藏家刘

▲ 牟明亮13岁时留影，现仅存的一张照片

---

① 此处指济南战役。1948年9月16日至24日，华东野战军以14万兵力分东西兵团进攻济南，其中聂凤智指挥的9纵25师是攻城主力。牟明亮说，他在战斗中右背负伤。战役历时9天，攻克济南，歼敌10余万人，俘获敌军最高指挥官王耀武。济南战役揭开了解放战争三大战役决战的序幕。

② 此信写于1948年。

▲ 1948年3月，我华东野战军发起胶济路西段战役。图为在解放周村战斗中，我军利用房舍与敌展开巷战

▲ 1948年9月济南战役，我军突破城垣，新华社发

玉平先生捐赠的。刘先生多年前在收藏市场上偶然得到了这组家书，只知道写信人是山东胶东一带的一位革命烈士，其他情况不详。为了了解牟明亮烈士更多的情况，我们根据现存信封上的地址找到了栖霞县（原栖东县）地方志办公室，在他们的帮助下，找到了烈士所在的东三叫村，并和烈士的侄子牟中平取得了联系。

据牟中平介绍，他的伯父牟明亮生于1929年，只读过三年小学，1946年春参加了中国人民解放军。牟明亮一开始参加的是胶东地方部队，在栖东警卫营。解放战争开始后，他被调到胶东军区第5师15团侦通队。1947年1月，第5师等胶东军区主力改编为华东野战军第9纵队，牟明亮转入华野9纵25师75团侦通队，具体工作是信中所说的"出便衣"，也就是不穿军装的侦察兵。

牟明亮所在的9纵是华东野战军的主力，在解放战争时期打了许多硬仗。比如1947年2月的莱芜战役。同年5月全歼国民党整编第74师的孟

儿在前方各方面都很好

113

▲ 再现战斗场面的济南战役全景画片段，摄于济南战役纪念馆

良崮战役。9月至12月的胶东保卫战和张店、周村、潍县、兖州诸战役，这些战役粉碎了国民党对山东的重点进攻。从家书中可以看出，这些战役牟明亮都参加了，他在周村战役中还负了轻伤。

在1948年9月的济南战役中，9纵是攻城的主力部队，最先攻破济南城防的就是9纵25师73团。牟明亮参加了这次战役，背部负了伤，并转到医院治疗。

现存的烈士最后一封家书写于1949年1月，牟明亮说他已不在侦通队工作，部队离家好几千里。但牟中平说，听伯父的战友牟明恺①介绍，牟明亮在渡江战役牺牲时，任侦察排长。

此外，牟中平还提起一件让奶奶（牟明亮的母亲）遗憾终生的事："伯父17岁离家当兵那年，奶奶听说当时部队驻扎在莱阳，而且部队条件比较艰苦，便连夜做了两双布鞋，第二天一早步行50公里到莱阳为儿子送鞋。到了莱阳，听说儿子所在的部队因有任务当天行军到烟台去了，奶奶立即往家返，回到家后，听村里人说伯父在去烟台途中顺便回过一次家，但因为当时战斗任务紧急，没有等到奶奶回来，就跟上队伍走了。奶奶鞋未送到，也未能与伯父见面。"②

---

① 牟明恺与牟明亮一起参军，在一个部队工作，渡江战役时任排长。中华人民共和国成立后曾任上海市捕鲸队书记、航道局党委书记等。

② 段明艳：《一位侦察兵的战地家书》，载《红色家书》，75～76页，北京，中国画报出版社，2006。

母亲，我想你

1948年8月20日 许英致母亲

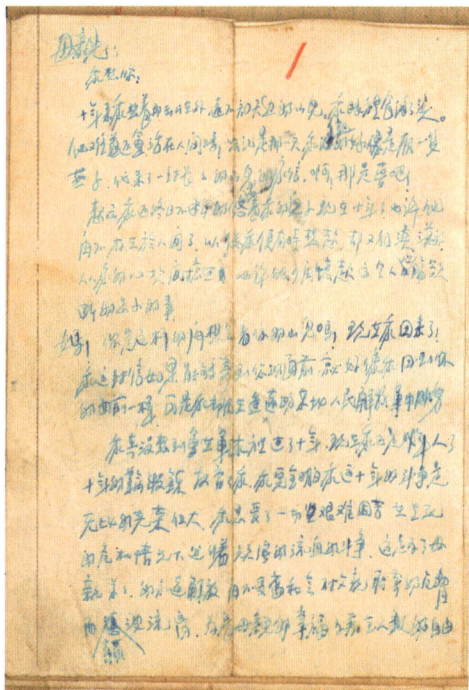

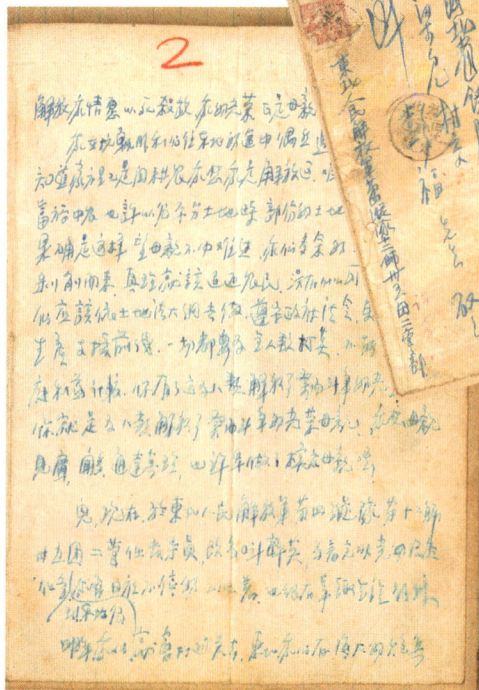

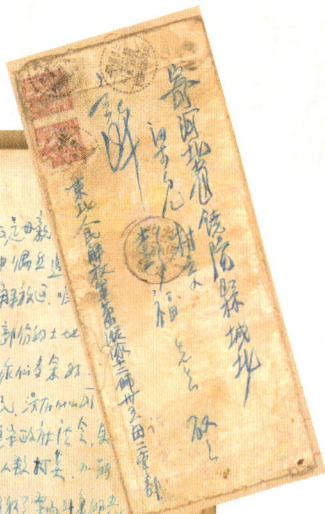

家书原文

母亲：

　　我想你！

　　十年来，我想着那出门在外远不知天边的山儿，我眼里含满了泪。他难道还会活在人间吗？忘记是哪一天，我记得好像是有一只燕子，代〔带〕来了一封长长的山儿的家信。啊！那是梦吧！

115

　　起初，我还终日不断的悠念着我的儿子，现在十年了，也许他再不会存在于人间了，以后我便有时想起，却又很淡漠的从我的心坎间掠过，也许很少再忆起这令人心肠欲断的儿子的事。

　　妈，你是这样的再〈在〉想念着你的山儿吗？现在我回来了，我这封信如果能够寄到你的面前，就好像我回到你的面前一样。可是，我却仍在遥远的东北人民解放军中服务，我真没想到会在军队里过了十年，现在我已是成年人了。十年的革命锻炼教育了我，我完全明白我这十年的斗争是无比的光荣伟大，我忍受了一切艰难困苦，在生死的危机情况下进行着顽强的流血的斗争，这是为了母亲、弟弟的永远解放，再不受旧社会对父亲职务的危〔威〕胁而颠波流离。为着母亲的幸福，为着全人类的自由解放，我情愿以死杀敌，我的光荣正是母亲的光荣，全家的光荣。

　　我在抗战胜利后往东北的途中遇见了金烤①、洪风②，知道家里已是自耕农，我想，家是解放区，咱们可能画〔划〕为富裕中农，也许以后平分土地时，部分土地分出去了，如果确是这样望母亲不必难过，我们多余的土地既是剥削而来，真理就该退还农民，没有什么可留恋的，我们应该依土地法大纲去做，遵守政府法令，更应积极生产，支援前线，一切要为全人类打算，不能为个人家庭利益计较，你有了这为人类解放事业而斗争的光荣儿子，你就是为人类解放事业而斗争的光荣母亲。我想母亲见广闻多、通达真理，也许早做了模范母亲哩！

　　儿现在于东北人民解放军第四纵队第十二师卅五团二营任教导员，改名叫许英，为着完成党给予的任务，到东北后，我曾日夜不停地工作着，也很有幸〔兴〕趣，生活很好。

------

①金烤，指许英的同乡许金考，为4纵123师368团战士，牺牲在河北省张北县。
②洪风，指许英的同乡许洪峰，为4纵123师368团战士，牺牲在河北省丰宁县。

明年我们就会打进关去，东北我们有强大的炮兵、飞机、坦克，百万大军将来轰轰烈烈地打进关去，全国的胜利就在眼前，那时再见吧！

　　祝

母亲健康

　　　　　　　　你的英勇的为人类解放事业而斗争的儿子

　　　　　　　　　　　　　　彭山　敬礼

　　　　　　　　　　1948年8月20日于辽宁省盘山县

▲ 1949年5月许壮图粘贴保存并题记的儿子许英的照片

家书背景

　　许英，原名许彭山，祖籍河北省饶阳县良见村，1921年生于黑龙江省齐齐哈尔市一个东北军文书家庭，小学文化。1938年参加冀中抗日游击总队，1939年在抗大三团学习并加入中国共产党。历任冀中第一游击总队战士、班长、文书，冀中警备旅文化干事，抗大六分校政教干事，晋绥二支队指导员，东北人民解放军4纵12师35团2营教导员等职务。

　　1948年9月塔山阻击战前，4纵奉命肃清塔山防线之敌，12师35团2营教导员许英和营长李文斌率部收复大东山。27日，许英在战斗中被敌人的子弹射中喉咙，战友们要把他抬下去，但是为了完成任务，许英示意不要管他，全营继续进攻。他因流血过多不幸牺牲，时年27岁。大东山战斗中，12师共歼灭敌人655人，自己也付出了537人的代价。

　　战后，营长李文斌为烈士装殓遗体时，从许英衣兜里发现了两封家书，一封写给母亲，另一封写给两位弟弟。当时因战事繁忙，直到平津战

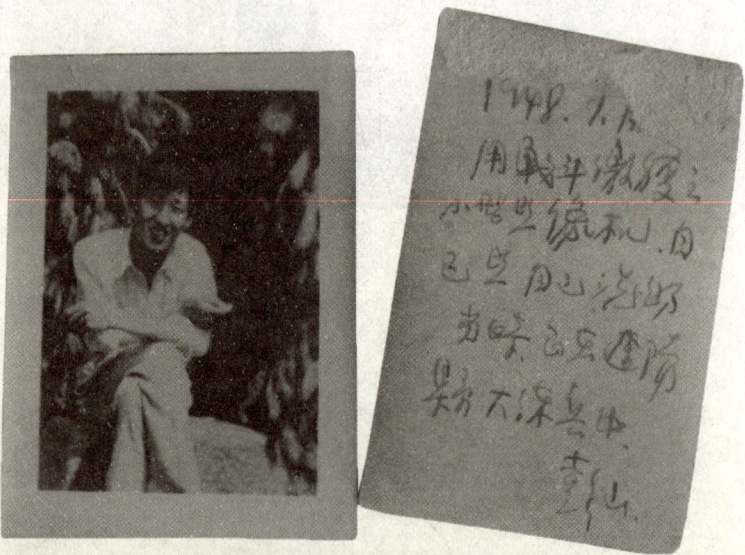

▲ 许英寄给家人的照片及题字，摄于1948年7月

役后，李文斌才将烈士的家信寄出。烈士家属收到来信如获至宝，却不知许英已牺牲100多天。与烈士家属取得联系后，35团政委许军成和2营营长李文斌均用书信向许英父亲讲述了烈士牺牲时的情况。

许英烈士的从军手稿《土改是怎么进行的》《民主运动生活总结心得体会》《工作遗痕》和文艺创作独幕话剧《变天》，以及政治学习笔记本、抗日纪念章等6件遗物，现存于哈尔滨东北烈士纪念馆。

没入党也是共产党领导的战士

1949年3月3日 郭天栋致父母亲

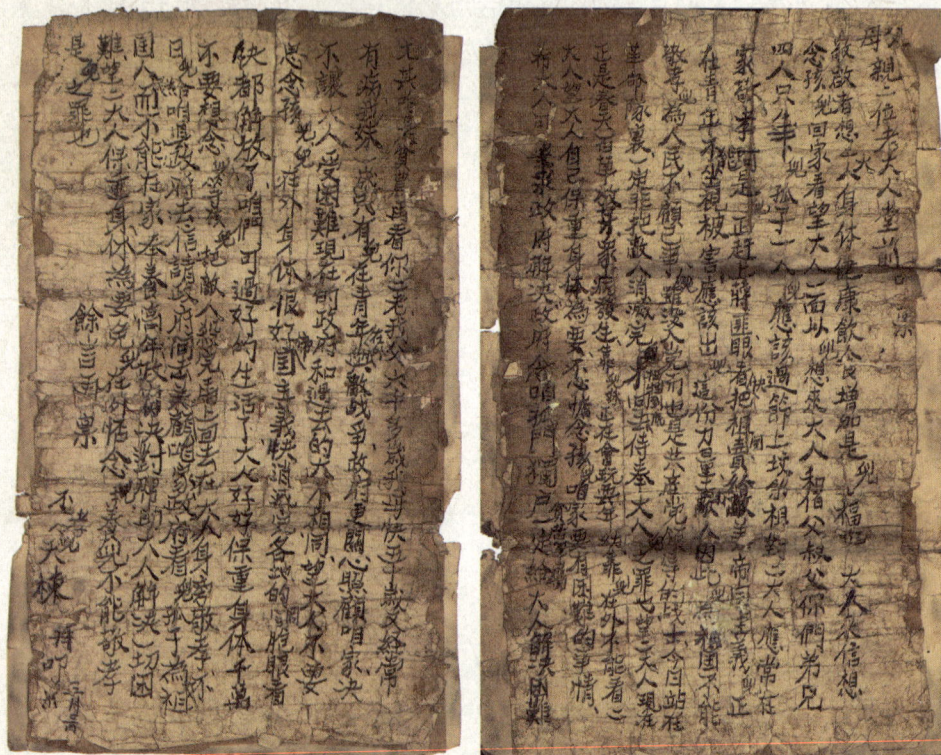

家书原文

父母亲二位老大人堂前叩禀：

　　敬启者，想二大人身体健康、饮食增加，是儿福也。大人来信，想念孩儿回家看望大人一面。以儿想来，大人和伯父、叔父你们弟兄四人只生下儿孤子一人，儿应该过节上坟祭祖，对二大人应常在家敬〔尽〕孝，可是儿正赶上蒋匪眼看快把祖国卖给敌美帝国主义，儿正在〔当〕青年不能坐视被害，应该出儿这份力量去打敌人，因此，儿为祖国不能敬〔尽〕孝，儿为人民不顾己事。儿虽没入党，而〔但〕也是共产党领导的战士。今日站在革命队〈伍〉里，一定非把敌人消灭完，牺牲到底才回去侍奉大人。〈此〉儿之罪也，望二大人〈原谅〉。

现在，正是春天，百草放芽，众病发生，靠儿妹①正在会玩耍，年幼靠〈人照料〉。儿在外不能看二大人，望大人自己保重身体为要，不必惦念孩儿。咱家要有困难的事情，希大人可要求政府解决。政府念咱孤门独户，贫苦军属，一定给大人解决困难，尤其咱是贫农。再看你二老，我父六十多岁，我母快五十岁，又经常有病，我妹②一岁，只有儿在青年，在外与敌战争〔斗〕。政府更关心照顾咱家，决〔绝〕不让大人受困难。现在的政府和过去的大不相同。

望大人不要思念孩儿，儿在外身体很好。帝国主义快消灭完，各地的同胞眼看快都解放了，咱们可过好的生活了。大人好好保重身体，千万不要想念儿。等孩儿把敌人杀完，马上回去在大人身旁敬〔尽〕孝。不日，儿给咱县政府去信，请政府同志关顾咱家。政府看儿孤子为祖国人民，而不能在家奉养高年，政府决〔绝〕对帮助大人解决一切困难。望二大人保重身体为要，免儿在外惦念。现养儿不能敬〔尽〕孝，是儿之罪也。

余言再禀。

不孝儿　天栋　拜叩禀

三月三日

---

① 指作者的大妹妹。
② 指作者的小妹妹。

没入党也是共产党领导的战士

家书背景

家书作者郭天栋，1928年生于山西省文水县城关镇东街村。1946年4月参加革命，在解放军第61军181师当战士，在1949年6月13日的陕西咸阳阻击战中牺牲，现安葬于咸阳革命烈士陵园。

咸阳阻击战是解放军西北大决战中的一场鏖战。彭德怀指挥的第一野战军遵照中央军委关于进军西北的命令，决心在1949年底以前解放陕西，占领甘肃、宁夏、青海，进而挺进新疆。

当时的作战方针是"钳胡打马"，即钳制胡宗南，打击马步芳、马鸿逵部队。郭天

▲ 郭天栋

栋所在的第61军第181师按照彭总的部署，在师长王诚汉、政治委员张春森的率领下，众志成城，严阵以待，先后于咸阳、户县等地进行了顽强的阻击战。6月11日，在汪、渭河谷毙伤马步芳第248师2 000多人。12日，在户县击退胡宗南部的进攻，俘其第165师师长孙铁英。13日，第181师经过13个小时的激战，打垮了马步芳对咸阳的猛烈攻击，重创"马家军"，取得了咸阳阻击战的胜利。

郭天栋就是在这次战役中牺牲的，部队战后清扫战场，战友从郭天栋的衣袋里发现了这封浸透着烈士鲜血的家书。后来，部队派人把这封还没有来得及寄出的家信转交给了烈士的父母。烈士亲属把这封信珍藏了半个多世纪，直到2005年7月，烈士的外甥王东跃把它捐赠给了抢救民间家书项目组委会，次年5月该家书被推荐给中国国家博物馆收藏。

没把革命进行到底，哪能回家呢

1950年1月28日、2月10日 齐子瑞致父母

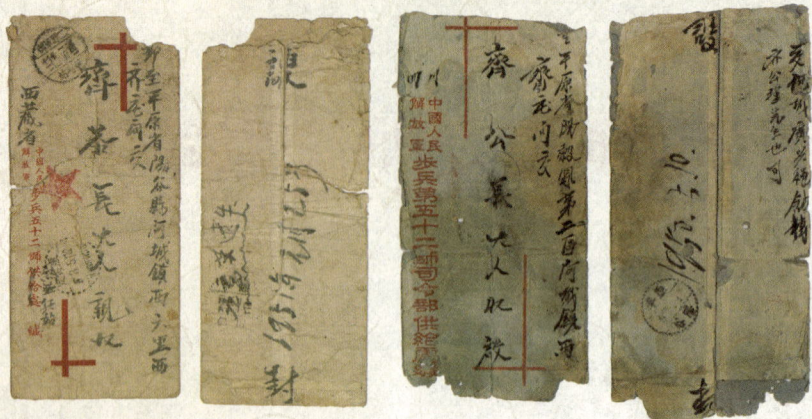

家书原文

父母二位大人膝下：

　　敬禀者，儿出外数年不能面见，只有时常通信问问。因部队是野战军，又继续行军打仗，没有休息时间，今数月没有去信。自过了长江，三月间去信几封，也无一次回音。今在四川省犍为县竹根滩休息两个多月，长江北，特望大人身体康健、生活粗状〔壮〕、饮食增加。儿不用惦念，自从过江后，身体强健，生活平常，无生疾病，工作顺利。

　　另外，经过好多省会、县城、镇店，都很热闹得很，儿未想到的，现已亲目观看，真是欢喜。及住到此地，当时去信一封，内装像〔相〕片一片，是否收到？如若收到，可来一回音，免儿挂念。今后要在行军，还是通讯〔信〕不方便，只有住军时期多多通讯〔信〕。现在国民党蒋介石业已完蛋，还有台湾、海南岛、西藏未解放，今年一定解放。全国胜利，国家平定，儿在〔再〕回家面见大人不迟。只有在信说明，以免二位大人惦念，安心过生活，多多生产。别不多叙。

　　敬请
金安！

儿　子瑞（人名章）

一九五〇年元月廿八号

父母大人膝下：

敬禀者，儿住在四川省犍为县竹根滩，去信三次不知收到否？最近十二日间接到来信二封，打开一看，一切事情尽知，很是欢乐。可是去年向家去信数封，只收回音三次。现本军奉上级命令到西藏驻防三四年，通信不方便，因行军交通不便，等明年时常多通些信，因此上级首长给每个军属一封慰问信，免大人挂念。信内还装儿像〔相〕片两张，收下速来回音。向西藏进军坐飞机，不是走路。毛主席亲说，到三年部队换防，一定转回来，叫各同志回到家探望老少。不和过去情状以〔一〕样，没有敌人啦，全国胜利啦，部队也有安身休息之地。

再者，儿身体粗状〔壮〕，工作顺利，不必惦念。说叫回家，现中国人民还未完全解放，没把革命进行到底，那能回家呢？十几年都过来啦，三四年很快就到，只有多通几封信，等全国无有敌人，才可回家探望大人。盼大人身体健康，把儿寄家相片存好，见相片就和面见儿同样。别不多叙。

敬请

金安！

儿　子瑞（人名章）

卅九年二月十日

并问各院老少安！

风龙①母二人不能到，在此处因不到家属队是不能到我处的，路又远也无有路费，只有叫区县政府送到家属队，才可到前方来面见的。

---

① 齐子瑞女儿齐桂荣的小名。

没把革命进行到底，哪能回家呢

家书背景

　　这是二野18军进藏战士齐子瑞写给在山东老家父母亲的两封家书，使用的是二野18军52师司令部供给处专用信封，并盖有二野军邮专用邮戳，带有明显的时代印迹。虽然家书的语句有些生涩，还夹杂着一些错别字，但其质朴的语言、纯洁的情感，读来令人动容。

　　齐子瑞，1919年生于山东省阳谷县阿城镇齐庄。1945年7月阳谷战役后，正在读书的齐子瑞参加了八路军。1947年6月，他辞别家人，随刘邓大军渡过黄河，挺进

▲ 齐子瑞，摄于解放战争时期

大别山。后来参加解放战争，渡长江，追击残敌。1950年初随军进军西藏。转战南北，几年没能回家，家里格外惦念，每次来信都希望他能回家看看。齐子瑞告诉父母亲，自己所在的部队为野战部队，经常行军打仗，不能及时写信，更没有时间回家，要等全国都解放后才能回家团聚。希望女儿在家一定好好上学读书，长大后为建设祖国做贡献。

　　齐子瑞随军参加了昌都战役，进到热亚兵站，之后随大部队进入西藏中心地区。他深爱自己年迈的父母亲、妻子、女儿，非常希望得到家中亲人的消息，在信中反复强调收到家中的回音太少。他一直盼望着全国解放的日子，以便回家看望亲人。可惜的是，他没有等到这一天。1955年，齐子瑞在一次执行公务时被敌人杀害，年仅35岁。

做一个最新式的布尔什维克

1950年2月2日 李骝先致父亲、大哥

127

家书原文

父亲：

我沿川湘公路走，酉、秀、黔、彭，步行入川已久。在重庆住了几天，军大①三团到隆昌县则〈举行〉毕业典礼，即全部分配川南各部门工作。上月廿九日组织上分配我到纳溪县秘书室工作，现正接管纳溪县中，办理移交清点手续。

川南沃野千里，物产丰富，是个好地方，造糖、井盐、煤矿等工业均有基础。川南解放至今已两月余，但因干部缺乏，征粮工作才开始展开，各方面工作等待我们努力干。

想父亲一定身体健康，阖家安好，我希望你能够做到：

（一）换脑筋，学习新社会的理论，使思想不会落人之后，同时应站在革命军人家属的立场上，一切为穷苦的劳苦大众作〔着〕想，服从与拥护政府法令、措施，并向邻友和各界人民进行宣传解释工作。

（二）要全力支持全家从事生产、劳动，或参加政府各项工作，为人民服务。对斌②、鹅③多爱护照顾，设法培养造就（为下一代作〔着〕想）。要时刻安慰母亲、姑母，使其能愉快地管理家务，不要像从前，一点小事就爱忧郁苦闷，吵闹一通，这样就

①军大，即中国人民解放军第二野战军军事政治大学。1949年4月渡江战役后，为夺取全国胜利，接管新解放区培养干部，由第二野战军在南京创办。

②斌，李骝先的弟弟李斌。

③鹅，李骝先的五妹李芳。

把一个美满温暖家庭变为冷酷场所，无人生趣味。

（三）不多与地主、恶霸、奸商接近，他们眼看就要〈被〉消灭，完成其历史任务〔使命〕。要把民主在家庭切实实行，有问题召集全家成员协商，听取大家意见，走群众路线。

倘若父亲能做到这几点，成为一个民主人士、模范革命家属一定不成问题。时代是进步的。此请金安。

男　骝先叩禀
二.二.

大哥：

你好吗？别来无恙。弟已随军大入川，请勿虑。家乡情况有何改变？去年减租减息，农民觉悟多少？听说今年华东区可能完成土改，那么数千年受封建压榨地主剥削的农民，该彻底翻身了。家庭生活如何维持？父亲和你的工作是否仍旧？均请不吝片纸只字告诉千里外的弟弟（我的通讯地点是川南泸州市对江纳溪县人民政府秘书室）。

你校是否切实改观？民主教学法[①]是否切实施行？老师和同学思想有何进步？有关新民主主义建国大业，儿童是将来的主人，弟不得不时刻念及。

希望你站在自己的岗位上，稳定立场，把应做的工作做好，集腋成裘，这就是为人民服务。我们大家所做均是革命工作中的点滴。

希望你勇猛前进，万不可悲观失望，老气横秋，多学新文化、新思想，参加实际革命斗争，将来前程远大的很。

希望你去〔取〕消旧意识、旧作风，努力工作，争取入党，

---

①民主教学法，指解放区在党和人民政府领导下实施的教育方针和方法。

做一个最新式的布尔什维克

做一个最新式的布尔什维克。

注意四弟①、五妹②的教育、培养，使他们成为好孩子，都能参加得上民主少年先锋队③，要他们多活泼、多学习，在校中把同学团结好，尤其要叫四弟在中学从事一切有益于青年本身的民主活动，不要叫他死读书、叫他呆板。

要和气对待母亲、姑母她们。从事日常劳动伟大辛苦极了，再发她们脾气真是不应该。母亲、姑母代为请安，弟妹代为问好，恕不另写信。再会。此致
革命敬礼！

弟　骝先于纳溪县府

家书背景

　　这两封家书是1950年2月2日，李骝先从四川省纳溪县人民政府写给父亲和大哥的，当时是装在一个信封里寄回老家的。写完这封信后不足两个月，李骝先就牺牲在征粮剿匪的第一线。

　　李骝先，1932年9月出生于安徽省无为县。父亲在县城小学教书，兄弟姐妹五人，李骝先排行老三。1949年6月即17岁那年，他考取了解放军二野军政大学。

▲ 李骝先

① 四弟，指的是李斌，因排行第四，故此称呼。
② 五妹，李骝先的妹妹李芳。
③ 民主少年先锋队，即中国少年先锋队，解放区的少年先锋队被当时一些报刊称为民主少年先锋队。

据李骝先的弟弟李斌介绍，哥哥阅读的书刊中有鲁迅的著作，如《呐喊》《狂人日记》《记念刘和珍君》等文章。他还经常去同班同学、挚友季健家读书和借书。他在初中阶段读过很多文学作品，如巴金的《家》《春》《秋》等，还有

▲ 李骝先的四弟李斌、五妹李芳合影，摄于1951年

《莎氏乐府本事》等文学书刊，以及《新青年》等进步书刊。这些文学作品和书刊对他思想觉悟的提高以及语言文字表达的进步起到了非常重要的作用。

当李骝先看到1949年6月4日《新华日报》刊登的二野军事政治大学招生工委榜示（第二次考试学员录取名单），得知自己和几名校友已被录取时，非常高兴，简单准备了行李便于6月9日经芜湖赶赴南京，于次日赴校报到，开始了二野军大的学习生活。

李骝先身在革命队伍，除了忠诚于党的事业外，对弟妹们的学习、生活、成长也十分关心。他在书信中经常嘱咐弟妹们要继续升学，若有困难，没能升学，也不要悲观。在上面（1950年2月2日）写给大哥的这封信中，他劝大哥在教书进步的同时，要注意对弟妹们的督促和教育。

1949年底，李骝先随军进军大西南，由湖南进四川。1950年元月底，他被分配在泸州纳溪县人民政府工作，任县府秘书。当时，土匪猖獗，四处破坏征粮工作，他主动要求下乡参加征粮剿匪战斗，经领导同意后，他率领工作队驻马庙乡（今来凤乡），积极开展征粮剿匪活动。……由于内奸出卖，李骝先惨遭土匪杀害，牺牲时年仅18岁。①

① 详见安徽省二野军大校史研究会会讯丛书《江淮军魂》一书，2001年7月1日编印。

做一个最新式的布尔什维克

国家的利益是大事

1950年7月10日 骆正体致哥哥骆正坤、姐姐骆正芳正坤、正芳兄姐：

　　经过革大四个月的学习后，只以为分发工作的时间还早，谁知中间突有变动。我有生已〔以〕来从未做过这个，梦想不到会北上到遥远的北国来工作，参加北上一面根据学习成绩，一面由上级选拔和自觉自愿签名的，而我是候补的，亦可说是自愿的吧！接这封信时，你们也许会感到惊奇和意外，甚至有各种不痛快的想法，快乐或感伤，但是只要你们（或亲老们）眼光放大一些，心内放宽一些，我想是会想得开的，是会了解清楚的，也很希望你们能够帮助想不通的老人和她（尤其是姓陈的）。根据我的个性和身体等，本来是不适于这种工作和生活的。可是今天既然参加了革命，就要牺牲自己的一切，无所计较的为工农兵服务，家庭和个人的利益是小事，整个国家的利益是大事，个人前途未来怎样办，这都要丢弃的。这并非是硬心畅〔肠〕的话，想通了自然明白。我也不多扯。

　　自阳历六月十二离校，踏轮船赴汉口，当日下午趁特快火车就北上了，约七天七夜就抵达哈尔滨市，除在北京站和牡丹江市停留休息外未稍停，在师部学习一星期后才分发工作。

　　此次由中南局调来大批青年学生，中南军大、湖南军大、建设学院、中原大学、革命大学等学校共来一千多人，政府准备调来十年青年在百万国防军（四野）中利用三年的时间扫除部队中的文盲，一般的战士提高到高小毕业的程度，营团级干部提高到初中毕业，团师级干部提高到高中毕业的程度，卷入个文化建设的热潮，建立近代化的国防军，这次根据程度高低，能力志趣等，我们有的干政治文化工作团，财经管理，教育医务……〔等〕

国家的利益是大事

133

工作，三五年后根据局势的发展和需要，再施行转业退伍，轮流还乡……只要坚决为工农兵服务，未来不会有失业不幸的痛苦的。初来时不服水土，吃不惯高粱和包谷米，多少有点痛苦，过久也惯了，打破了顾虑，安定了心情。

经过万里行程，沿途所见惟有河南北部及黄河两岸等地比较凄惨。那的〔里〕多半是荒原千里，地广人稀，中原之战给一般人民〈带来的〉痛苦太大了，他们有的没有耕牛，只得用一个人掌着犁，四五个男女在前面拉，这样翻土种地，没有人打麦用人拖石滚打场，黄河两岸的人民可〈以〉说最苦了。河北省开的荒地最多，老少无闲人，老百姓的生活十分快乐。在北京丰台车站停了半天，那里人对人非常客气，可视他们一般的政治觉悟都很高，政府在此省到底是不同些。十五日转哈市，车快过山海关和秦皇岛，这里有些地方工业还好，有些地方经过战争破坏，可真不忍看了。那里工人成千，多半都很忙碌的工作。锦州至沈阳道路上是一片荒凉，这儿是打过数次大战的大好山河，无人耕种，荒草没人径，广大山坡白骨磷磷〔嶙嶙〕，破车倒房随处可见。车到沈阳近郊，只见烟冲〔囱〕如林，烟雾满天，尽是大工厂，可说是社会未来美景。据说这里比日本在这时工业还要发达，千万劳动人们〔民〕在生产在忙碌工作，到处是一片新气象。

东北天气比较寒冷，每天早晚还要盖棉被穿棉衣，麦子刚才扬花出穗。这里土地特别肥，种庄稼从来不爱上粪的，老百姓生活过得很好，每年收的粮食吃不完，喂猪也用粮食，很小的家有时可用到电灯，普遍都喂两三匹马或牛，大山内到处是草，也不愁吃，到处是柴，也不愁烧，到处有的是地，想种多少都可，一家喂两三个大猪羊，真是太富有了。可惜是人口太少，电灯电话多，宽的大街合着眼走碰不倒〔到〕人。成千万的解放军同志在广大的土地上，展开了大生产运动，上级今秋每人要缴纳二千五百斤公粮，现在全军开了两万多亩，秋后保证超过生产任务。另外还要分利，一部分参加国营集体农场种地，还有进行掏〔淘〕沙、金的，每人每天可得一万人民币的黄金。还有进行伐木的，遍山都是二人合抱的大树，此地真是太富了。现在的军人可真变了样啦，他们在前线能打仗，在后方又能生产。这里交通也很便利，老百姓小学生好多都坐火车汽车上学或下地，犁地用洋犁或拖拉机。因为粪没地方消，所以有些地方或乡村很脏，苍蝇成堆。十月秋收后，全军卷入文化学习，开始正规学校生活，使军队学校化。解放军要求受教育是他们的权利，为他们服务教育他们，识字是知识青年应该做和必需的事。我虽然才出学校，毫无才智能力和办事经验，可是我尽我最大努力去为他们服务工作，相信是会有办法的。今后工作或许会很忙，无时间写信时，希望你们并转告亲友长老要谅解。希常来信指教交流学习心德〔得〕。

　　此敬
革命敬礼

　　　　　　　　　　　　　　　愚弟　正体
　　　　　　　　　　　　　　　于桦南军营
　　　　　　　　　　　　　　　阳七、十日

　　请转告双亲，因时间关系不另写了，可将信大意转告为望。
　　请安慰、问候长者等，恕不另复，请告钦弟住址为盼。
　　补：我很希望你们能参加短期的轮训班，以有利你们二位思想的改造，认识过去和现在的社会和国家，这实在太重要了。

家书背景

　　这是中国人民志愿军烈士骆正体生前写给哥哥骆正坤和姐姐骆正芳的一封信，2011年由烈士的弟弟骆正钦捐赠给中国人民大学家书博物馆，现在该馆展出。

　　骆正体，1927年生于湖北枣阳岩河乡上垱村。少年时博闻强识，刻苦攻读，著称乡里。抗日战争期间，背井离乡，进入儿童保育院。日本投降后，先后就读于国立三十三中、安陆师范。1949年，婚后蜜月未满，即赴革命大学深造，毕业后投笔从戎，誓为建设现代化国防军而奋斗。朝鲜战争爆发后，加入中国人民志愿军炮兵部队。1951年3月入朝，浴血奋战，恪尽职守。同年4月5日，不幸以身殉国，年仅24岁。

你望我当英雄，我望你争取入党

1951年4月19日、9月21日　鹿鸣坤与未婚妻朱锦翔互通家书

家书原文

鸣坤同志：

　　昨天晚上回去，你定感到不高兴，因为我没有合你理想的答

你望我当英雄，我望你争取入党

▲ 朱锦翔，1951年摄于上海机场

▲ 鹿鸣坤送给朱锦翔的纪念照片，照片背后有亲笔写的一段文字："锦翔同志留念：望你加强学习，提高阶级觉悟，在工作中锻炼自己，忘我精神，继续努力。鹿鸣坤"

复。可是我也同样带来一颗不愉快的心境。回到宿舍里开始思想斗争了。

鸣坤同志，这短时间斗争的决定，也可能使你失望。昨天晚上，我也很清楚的对你说过，目前，抗美援朝运动在这样高涨的声浪下，美机又时常来我东北领空扫射，将威胁着整个中国的安全，确实我再不忍坐视了。

虽然留在这儿同样是为这个目标而奋斗，但是我总认为亲自参战（当然供应大队不一定在前方）是更有价值，尤其参加国际战争，机会少有。同时，我［想］早有这样一个念头，去见识见识，也只有生活在不平凡的环境里，才能磨练〔炼〕出来，实在我太幼稚了，由于入伍时间不长，自己对政治认识还差得很。我也告诉了你，在供应大队犯了两次不算小的错误，所以也只有以今后实际工作的体验才能使小资产阶级出身的旧意识铲除干净。

我也知道，此去困难不少，钉子更多。首先因为我是女同志，而且也只有我这么一个女同志，又是初出茅庐，从未离开家乡到老远的北国。但是，我想任何困难都可以克服的，我可以将我们的事情公开大胆的对他们说，让他们不再存在着不正确的想法。而且大部分同志都还好，平时我也可以请他们多照顾，况且还有其他女同志（虽然他们都已结过婚）也总比较好。

鸣坤同志，为了将来的幸福，为了以政治为基础的感情建筑得更巩固，在目前，我们只有各奔前程，待胜利重归，那种情景何等愉快。所以，我考虑结果，还是跟供应大队走吧！

请你安心工作，熟练技术，完成飞行任务，勿要使自己的思想有所分化，不然会影响事叶〔业〕。昨天晚上你讲的话，我听了感到很难受。虽我们不够了解，但在几次的谈话与通信已有了一种革命同志的感情。当然，别离难免伤感，但是，我们要想到，为了战争多少同胞家破人亡，妻离子散，所以，也只有彻底消灭他们，将来才能使每个人都有好日子过。

上次你不是说现在交通方便……我们可以多通信，至于人家拆信或押〔压〕信，我们想个办法好吗？看你最近什么时候有空，我们再谈一次话，倾吐与解决不愉快的想头〔法〕，你意如何？如同意，则你决定时间通知我。

时间不早了，最后，祝你愉快、安心。

再见！　　致

礼

锦翔　草

19/4夜①

〈锦翔〉：

我刚由东北回来，收到了你的来信。

当时我是累的，头痛、腰酸，阅过信之后，我特别兴奋。兴

---

① 据家书捐赠者朱锦翔介绍，此信写于1951年。

你望我当英雄，我望你争取入党

奋的就是，你能针对着我的思想来帮助我。我有这样一个人经常帮助我，工作更会起劲。□□改正缺点更快，你的帮助是真正的从革命利益出发。的确，吊〈儿〉郎〈当〉工作是要受损失的，对个人、对革命都没有好处，你这样直爽的提出，我是很高兴的，同时还希望你对别人也要这样。

我从提出抗美援朝来之后，我的工作与飞行都进一步。老实说，我吊〈儿〉郎当是改了不少，吊儿郎当也得看环竟〔境〕，现在是什么时后〔候〕。这次改选支部，我又是任副支部书记，不敢〈吊儿〉郎当。上级这次给我们的任务是空中转移，任务是艰巨的，上级这样提出，我们这次能从空中转移得好，我们可以成为半个飞行家。为了要得到这半个飞行家的光荣称号而努力，为了有把握的争取这光荣称号，我们由十九号乘运输机顺航线看过一次。如果我没有其它病或意外之事，半个飞行家咱们保险当上（这称号你不高兴吗？）。

锦翔，我坐在这老牛一样的飞机上，拿着地图，与地面目标对照，一去一回，我的一双眼睛，没有一时的不注视地面，是为完成这次上级给我们的重大任务。这次我们都去锻炼，你是在战争环境锻炼，我是在空战当中锻炼，你望我当英雄，我望你争取入党称〔成〕模范。

你给建议的不应该叫保卫干事捎信，你很生我气啊。请你不要多心，我并非［是］找保卫干事去作你的工作。我不以前〔以前不〕就说过了吗？你是一个纯洁的青年，在思想表现工作〈方面〉都好。我为什么叫他给你捎信，因为他是团长警卫员。过去，他和我是很好〈的〉。那天他到我们这玩，我也在外边玩。我给徐政委写封信，〈他〉说给你捎封吧，我说算啦。他说写吧，我说写就写吧，就是这么样。锦翔，请你不要怀疑，你不要把保卫部门的人，看得过如〔于〕重视〔要〕，谁也不敢去接近他啦。过去是曾有这样说法，天不怕，地不怕，就怕保卫干事来谈话，并没有什么，请你不要〈见〉怪，不做亏心事，还怕鬼叫门？生的不吃，违法的不做，谁也不怕。

另外，我正好又去东北，这次捎回来东北特产，带回来大家都吃完了。我再去预备捎点给你吃一吃。我们以后到东北可是不能见面啦。我们相距太远啦。要是战场上死不了，能回见，死了就算。

锦翔，今后我们多通信吧，互相了解些工作情况，再见，再见。在塞外，我这次去，现在那里还不冷，和这一样，满山的大豆、高粱、苞米，都是绿的，有特别一种感觉，有个关外味道。

致

敬礼

看过之后有什么意见，请提出为盼。

明坤[1]

21/9[2]

家书背景

鹿鸣坤，1929年出生于山东莱阳话河区滴子村。1943年参军，历任战士、班长、排长、政治指导员。1948年8月加入中国共产党。1949年到航校学习，毕业后，分配到中国人民解放军空军第二师第六团。1951年10月，他奉命入朝参加抗美援朝战争，任第三大队副大队长。1951年12月，在一次对敌空战中不幸牺牲。

朱锦翔，1933年出生于浙江台州。1950年加入共青团，后来参加了中

---

① 明坤，即鹿鸣坤。
② 此信鹿鸣坤写于入朝作战前夕。

你望我当英雄，我望你争取入党

▲ 鹿鸣坤烈士

国民主同盟。1949 年应征入伍，成为解放军华东空军文工团团员，先后担任飞行部队供应大队见习会计、通讯队会计和师政治部文化补习学校文化教员。1954 年转业，考入北京大学新闻学专业学习。1958 年毕业后，分配到甘肃兰州大学工作。退休前，是兰州大学新闻系副教授、教研室主任。退休后，定居上海。

朝鲜战争爆发，他们所在的部队接到参战任务。在誓师大会上，个个义愤填膺，写血书，表决心……朱锦翔也在千人大会上发言，要求到前线参战，被批准，成为通讯队的唯一一名会计。

1951 年下半年，师部从上海乘军列（大部分车厢是货车，只有两三节硬座车厢，是为优待女同志和首长专设的）前往东北，准备开赴前线。五六天后，到达目的地。在大部队出发前，部分飞行人员首先试航。这次试航，获得成功。

此时，朱锦翔与鹿鸣坤已是经组织批准的公开合法的对象关系。朱锦翔说，那个年代，最亲密的感情表达方式就是握手。他们在上海的最后一次见面，是在程家桥高尔夫球场。那天，鹿鸣坤送给朱锦翔一件特别的礼物：色如绿宝石的小号关勒铬金笔。他俩坐在球场边的一块高地上，谈话总离不开赴朝参战的内容。

当时，虽然领导和同志们说，抗美援朝回国就可结婚了，可他们俩从未提过"结婚"两个字。那个年代的飞行员，既不允许单独行动（和批准的女友谈对象例外），又不允许在外面吃饭。他俩没有在一起吃过饭，每次见面也从未超过三个小时。

这次分手，他们照样握手告别，都没有说过"我爱你"之类的话，可谁也没有想到，这竟然是永别。临别时，鹿鸣坤只是说："到了前线，我给你写信。"

抗美援朝战争期间，空二师飞行部队驻扎在鸭绿江边的大孤山，随时准备接受空战任务。鹿鸣坤所在的六团，飞的是苏式战斗机米格-15。

在朝鲜前线，飞行人员伤亡很大。为此，上级决定空二师调防，返回上海继续训练并保卫大上海领空。1951年12月，朱锦翔随师部机关奉命先行撤回。没想到，回到上海不几天，就传来噩耗：在一次空战中，三大队队长鹿鸣坤不幸牺牲了！

战争必然有牺牲，这对部队老同志来说是正常的，可对朱锦翔来说，无论如何也难以接受啊！毕竟那年她才18岁，鹿鸣坤也只有22岁。当隐约知道此事后，朱锦翔既不相信这是真的，又克制不住哭泣，还不好意思在人前流泪，只好一个人哭，以至于不吃不喝在床上躺了三天。

如今，年逾八旬的朱锦翔女士谈起她的初恋男友鹿鸣坤，仍然一往情深。朱锦翔说，虽然他们从没有说过一个"爱"字，但心中的牵挂与思念一直珍藏至今。

▲ 鹿鸣坤烈士墓，摄于沈阳抗美援朝烈士陵园

你望我当英雄，我望你争取入党

我鼓励你全力以赴

1951年 牟宜之与儿子牟敦康互通家书

濟南市人民政府建設局用箋

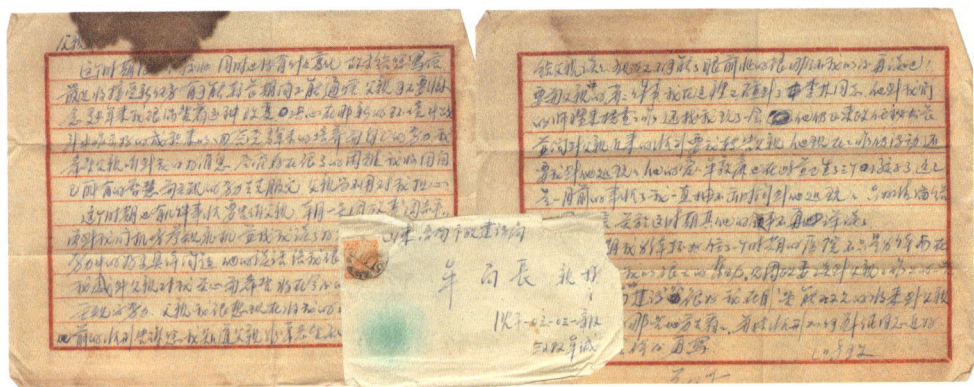

家书原文

敦康儿：

自你入医院后，来过一信，当即作复。这期间久已不见你回信，正在挂念中，今接你自沈来信，知你一切已复原，并在这期间，解决了思想上一些问题，使我甚以为欣慰！我首先祝你恢复健康的胜利，与进步的胜利，再预祝你打败敌人的胜利！你之一切，我是很放心的；我希望你思想上不要一点有顾虑，全部精神，用之于工作，用之于战斗，大胆细心的作下去，我信你的身体及精力是能以胜任的！当祖国需要我们的时候，不必考虑任何问题。今天的抗美援朝就是你唯一无二的神圣工作、神圣任务！我鼓励你全力以赴，作为我的好儿子，作为人民的好儿子，你可努力为之！

周赤萍政委，是我的很好关系的老战友！为人诚恳、厚道、精明强干，政治上更不用说。我今春到北京碰见他谈起来，他将去东北，担任现职①，故我托了他一下，你回他信是可以的，去看他一

①周赤萍时任东北军区空军政治委员。

我鼓励你全力以赴

下也好，不必太来往频繁了（我也知道你的脾气不是那样）。但尊重与爱护上级，是理所当然，无庸避忌的，周与我还时常通信。

故乡你母亲①，生活还可以。据咱庄到济南的人说：姓牟的，以你哥哥②过的算好。当然，乡下生活艰苦是无问题的。但还能吃饱穿暖！本年夏暑假时，苏（速）弟③与（叔）带④两人回家过的伏，现在已返回。据回报，家中尚可维持。你的军属证捎到家，就很好了！你有力量帮助一点更好，否则不必为此而加重精神负担！至嘱！济南全家皆好，苏（速）弟、妹（叔带）读书皆还不错，（不过叔带读书太晚，切较差）。准备将来教他学工艺，但他还不乐意；我今年身体极好。刘纯⑤、小白、小南、尚高⑥皆健旺，日后当给你捎照片来。惟我的工作太忙！亦只有极力以赴。专此，即问你

近好与进步！

日后每月要来信一次。

父 宜之 字

（应为1951年4月）

父亲：

这个时期因工作较忙，同时也没有什么变化，故未给您写信。最近将接受新任务，有可能较长期间不能通信。父亲可不要

---

① 牟敦康的生母安茂青，山东日照芦家村人。
② 牟敦康的哥哥牟敦广，当时为村教员。
③ 牟敦康的胞妹牟敦珂，乳名速弟。她大学毕业后在北京某飞行研究院工作，1984年病逝。
④ 牟敦康的胞弟牟敦庭，乳名叔带，当时正在济南读书。
⑤ 牟敦康的继母，山东沂水人，学生时代参加革命，1945年与牟宜之在山东抗日根据地结婚。
⑥ 小白、小南、尚高，均为牟敦康同父异母的弟弟。

挂念。多少年来我很渴望着这种改变，决心在那新的环境中、战斗中作出好的成积〔绩〕来，以回答党多年来的培养与自己的努力，我希望父亲听到我的好消息。尽管存在很多的困难，我将用自己所有的智慧与主观的努力去克服它，父亲当不用对我担心。

这个时期也有几件事情要告诉父亲。本月一号周政委"周赤平〔萍〕"曾到我们机场参观飞机，并找我谈了好久，给我提出今后努力中的好多具体问题。他的谈话给我很大的鼓励，由〔尤〕其使我感到父亲对我关心与希望，将在今后的进步中，更增加我主观的努力。父亲，我很想现在将我的工作情形以及其他的情形告诉您，我知道父亲非常希望知道它，虽然过去没有给父亲谈谈，现在又不可能了。眼前忙的很，那让我以后再谈吧！

要与父亲讲的第二件事，我在这里又碰到了李林同志。他到我们的师里来检查工作，还找我玩了一会。他仍在东政任秘书长。并问到父亲近来的情形，要我转告父亲，他现在工作仍没动，还要我到他处玩玩。他的爱人牟敦康也在此，并已生了三个孩子了。这已是一月前的事情了，我一直抽不出时间到他处玩玩，只好准备给他写封信，关于这时期其他的琐事，不再详谈了。

这个时期我身体较好。住了一个时期的医院，不只是身体，而在工作上也给了我以很大的帮助。见周政委谈到父亲工作上的一些情形，说济南的建设工作很好，我在盼望能在不久的将来到父亲领导下建设的那些地方去看看。弟妹情形如何、刘纯同志近好，因为就要开会待后再写。

　　此致
敬礼

敦康

（应为1951年8、9月之间）

我鼓励你全力以赴

家书背景

　　牟宜之写给儿子牟敦康的家书保存下来的共有21封，上面的是其中一封。牟敦康写给父亲的信保存下来的只有两封，上面的也是其中一封。本书选录的这两封信都写于1951年，当时牟敦康正在抗美援朝的战场上，几个月之后他就在对敌空战中英勇牺牲。

　　牟宜之，1909年生于山东省日照市东港区奎山乡的牟家小庄，曾用名牟乃是，字去非。1925年加入中国共产主义青年团。1932年参加日照暴动，后东渡日本留学。1935年秋回国，任山东日报社社长兼总编。

▲ 牟敦康

　　抗日战争爆发后，牟宜之先后到八路军驻西安、武汉办事处，要求赴延安，办事处负责人得知国民党元老丁惟汾是其姨父时，便派他到沦陷区开展抗日工作。1938年春他被吸收为中共特别党员，任国民政府乐陵县县长。1938年9月下旬，八路军115师343旅政委萧华率部进驻乐陵，建立冀鲁边军政委员会和八路军东进抗日挺进纵队，牟宜之倾其县政府财粮积蓄支援，并将县武装改编为八路军泰山支队。1939年春，牟宜之奉调重庆，协助周恩来进行国民党上层统战工作。在重庆工作一段时间后，他被派去延安学习，见到了毛泽东。

▲ 牟宜之

　　由于冀鲁边区形势严峻，牟宜之又被派回冀鲁边区，在八路军115师工作。1941年春，他被选为山东沂蒙山区行政公署专员，率领军民在敌后根据地进行了艰苦的反"扫荡"斗争，并成功策动多股上千人的敌伪军起义。1946年5月，牟宜之奉调东北，先后担任辽东军区司令部秘书长和政治部联络部长，参与"三下江南、四保临江"及围困长春战役，在瓦解敌军和教育改造被俘的国民党军官的工作中作出了贡献。

东北解放后，牟宜之先行来到北平，与国民党北平市市长何思源秘密接触，促进和平解放北平。北平解放后，他先后在北京市、济南市和中央林业部工作，支持过梁思成的新北京方案，揭发过政治骗子李万铭。1956年，他调任建设部市政公用局局长，建议要有计划地控制人口。1958年被划为"右派分子"。1966年被发配到北大荒——齐齐哈尔市郊昂昂溪"劳改"，在那里度过了长达9年的艰苦时光。1975年在济南去世。1979年中组部为他平反昭雪，恢复名誉。

牟敦康，生于1928年，自幼喜读武侠，禀性好斗勇，扶贫弱，为村中童王。他在自传中写道："及长，父亲问长大干什么？当兵！父亲就讲：有种！"他14岁投奔父亲部队，参加抗战，16岁进入山东抗大一分校学习。

▲ 牟宜之与刘纯合影，摄于抗战时期

▲ 牟敦康（后站立者）与父亲牟宜之、继母刘纯等合影，1948年11月摄于沈阳

我鼓励你全力以赴

149

▲ 牟敦康（右）与张积慧（抗美援朝空军英雄，后为中国人民解放军空军副司令员）

1946年进入东北民主联军航空学校（即"东北老航校"），为第一期乙班学员，成为人民军队培养的首批飞行员。1948年10月加入中国共产党。

新中国初期，牟敦康与战友驾驶飞机先后担当保卫北京和大上海的空防大任，并参加开国大典的飞行检阅。他是中国第一批喷气式战斗机的驾驶员，当过教练官，23岁就成为飞行大队长，战斗英雄张积慧和赵宝桐是他的副手。可是他性格孤傲刚烈，求胜心切而义无反顾，其父曾为此忧惧。

朝鲜战争爆发，牟敦康义无反顾地上了前线。1951年10月21日，他随空三师驾驶米格-15喷气式战斗机飞抵鸭绿江边的安东（今丹东）浪头机场。在首次升空作战中，他率领的大队首创击落三架敌机的记录。11月2日，他又率全大队升空作战，击伤一架敌机。11月23日，他率队再次起飞迎敌，击落一架敌机。

11月30日下午3时许，我志愿军向敌据守的大和岛发起了攻击，牟敦康率队升空担负掩护我轰炸机群的任务。他在返航途中发现一架掉队的美机，立即追击，不幸坠入大海。其海域在朝鲜定州湾，距当时的安东浪头机场仅70余公里。

在牟敦康给父亲、母亲、兄弟、战友以及女友所写的多封家书里，他倾诉家事，谈论战斗、生活、理想，与战友用朝鲜话开玩笑，相互鼓励，字里行间，看不到他对个人牺牲的任何顾虑。他曾在日记中写道："战争是免不了要死人的，我要在不断的胜利中看到最后的胜利。"但他没有看到最后的胜利，人生的辉煌大幕刚刚拉开就结束了。

牟敦康的弟弟牟广丰说："我觉得，二哥是真心实意地为国家付出，为国家而死的，死得其所。"

▲ 牟敦康（右六）与三大队战友合影

美丽的谎言

1952年9月18日、1953年1月4日 许玉成致父母亲、二姐

家书原文

父母亲大人：

　　近来身体健康吧。儿曾于9月份接到二姐的来信，并且还有全家人的像〔相〕片一张。我看了后，感到非常的高兴，未能想到我家能够照这样一张像〔相〕，全家能够团员〔圆〕的这么好。

我看了像家里的一切情况我都能了解，是〔使〕我的思想上才能够放心，安心的为人民服务。

现在朝鲜的情况大大转变，白天在前线单独的汽车都可以行动，在吃的上大都是以大米白面为主，吃的菜除供给罐头、咸菜、豆腐干、蛋黄粉等各种副食品外，自己种的有洋柿子、洋芋、白菜、萝卜、葱蒜辣椒、南瓜等各种青菜，并且喂的还有猪。在9月17日前每天都是四顿，9月17后每天都是三顿，早起床后一顿豆浆油条，上午饭下午饭都调配开吃的。在我们的衣服上，夏天四套衣服（二套军衣，二套衬衣），冬天一套棉衣，一件大衣，一个毛〈裤〉。在鞋子方面，每年一双球鞋，二双解放鞋，二双普通胶鞋，冬天一双棉皮鞋，一双胶棉鞋。在各种的东西供给的都是非常齐全，有啥送啥，每天工作上除了业务外就是学习文化业务二种，并且还可按时看电影。所以在我们的各方面都是非常好的，希大人不必挂念，最后希望大人迅速来信，祝大人身体
健康

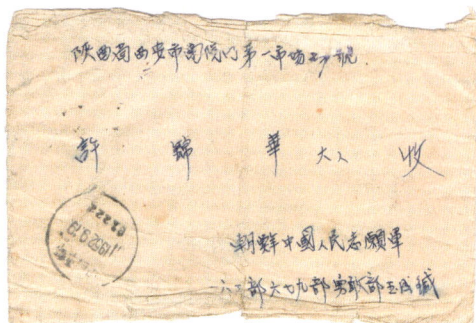

儿　许玉成

52年9月18日于朝鲜花□

菊爱、香爱、金成他们都好吧，叫他们也与我来信。

玉爱二姐：

你的信弟于去年收到了，曾于五二年七月份收到你与弟寄来的日记本二本，当时与你回信，不知你收到否？在接信后的那

美丽的谎言

时，因正在进军，进入阵地以及修建工作，而未与你去信，近来你们那里的工作好吧？西安的元旦过的好吧？希姐来信说明。我们在阵地都很好，每天每夜都在炮弹下生活着，每天都听到机枪炮飞的声音。而且在过年时都很热闹，开了娱乐晚会，并且每天都可以得到胜利的消息。曾在去年，敌人有一次受到很大的伤亡，目的为空中强盗来轰炸我阵地，结果没有轰炸了，反而叫我们打落敌机几十架。我们现在正准备迎接敌人向我们的进攻，准备对〔把〕进攻的敌人〔以〕全部消灭在阵地上，不叫他们逃跑一个，为和平事业而奋斗到底！最后祝你胜利前为祖国建设而奋斗！

弟　许玉成

一九五三年元月四日

家书背景

许玉成，1933年生，西安人，1949年跟随姐夫进了国民党军队，当了一名勤务兵。不久，他所在的国民党部队起义后被收编，他成了人民解放军二野60军179师炮兵营卫生所的一名战士。

1950年6月，朝鲜战争爆发，在中央"抗美援朝"的号召下，许玉成咬破指头写了血书，坚决申请入朝参战。1951年3月18日，在炮兵营做卫生员的许玉成随同大部队跨过鸭绿江，开赴朝鲜前线。

1951年4月底，志愿军发起第五次战役，集中33个师的强大兵力向敌人展开猛烈进攻，而刚从国内赶来的179师就在其中。战况分外惨烈，我军先后歼敌8万余人，但也付出了巨大牺牲。1951年5月，许玉成所在的179师连续进行了两次激战，部队相当疲劳，而且伤亡众多。5月21日，部队奉命北撤休整。利用在后方休整的机会，许玉成给家里写了几封信。

许玉成自从40年代末离家后从未回家。他所在的志愿军部队开拔经过西安，仓促之间他也没能回家，只是用"大禹治水三过家门而不入"的典故向家人解释，同时激励自己。他非常想念家人，但为免他们担心，在信中未提自己参战的经过。

1951年5月21日179师撤退的过程，几乎像一场噩梦。据许玉成的战友邓先珉说，在滔滔的汉江边，夜幕开始降临，而志愿军此时开始渡江北撤。先是炮兵拉骡马下水，然后是步兵和伤员，江边人群十分拥挤。刚下水，敌人的侦察机就发现了这个渡江点，很快招来十多架战机轮番向江中俯冲轰炸、扫射，我军沿江的炮兵部队也展开对空射击。在方圆一公里的区域内，从天上到地下，从陆地到水面，枪、炮、炸弹声响成一片，我渡江部队在毫无隐蔽的情况下遭到较大伤亡。江水，被中国士兵的鲜血染得殷红！[1]

▲ 许玉成，摄于1951年

1952年10月，60军奉命上前线接防鱼隐山阵地，此地靠近三八线，与美军直接对峙。战士们的首要任务是挖掘坑道，身为卫生员的许玉成除执行本职任务外，也被抽调去搬运器材。冬

▲ 许玉成母亲，摄于70岁时

季的前线大雪纷飞，一个少年在没膝的积雪中扛着几十斤重的炮弹艰难前进，每天要在敌人的炮火下往返40多公里。

1953年3月底的一个下午，许玉成正在敌人的炮火封锁线下抢救负伤的我军炮手。正紧张包扎着，突然敌人的一颗冷炮打来，弹片击中了他的左下肢股动脉，顿时鲜血如同泉涌。等到战友和军医得到消息后匆匆赶

---

[1] 参见《汉江血　兄弟情》，见抢救民间家书项目组委会主编：《家书抵万金》，42页，北京，新华出版社，2006。

来，许玉成已失血过多。许玉成被抬上担架送往后方，刚走了几百米，他就停止了呼吸。此时敌人的冷炮还在不远处爆炸，同志们只能找块向阳坡地挖了坑，铺上松枝和军用雨布，把他就地掩埋了。

许玉成死在了胜利前夜。4月，60军便奉命开拔回国，驻扎到南京附近。1955年11月，他的战友邓先珉向部队请了假，专程赶往西安送返许玉成的遗物。迎接他的是许玉成年迈的父母和姐妹们，但许玉成的母亲对儿子的牺牲尚未知情。经许玉成的二姐授意，邓先珉向老母亲编造了一个美丽的谎言：玉成由于业务突出，被部队派往苏联学习，由于任务秘密，不能和家人联系。

这个谎言一直保持到了1964年。其间中苏交恶，许母起了怀疑：苏联专家都走了，为什么玉成还没有消息？终于，一切都瞒不住了，老母亲整整恸哭了好几夜。据许玉成的妹妹许菊爱说，母亲在过世前的几年，神志已不太清醒，经常在家里的阳台上遥望远方，嘴里喊着"玉成、玉成！"。她仍然在盼着唯一的儿子归来啊！

▲ 许玉成的姐妹许菊爱（左一）、许香爱（左二）、许玉爱（左三）与许玉成的战友邓先珉夫妇合影，摄于2005年

下编

追求崇高　勤力奉献

堆积如山的胜利品

1949年1月24日 罗士杰致父亲和弟弟妹妹

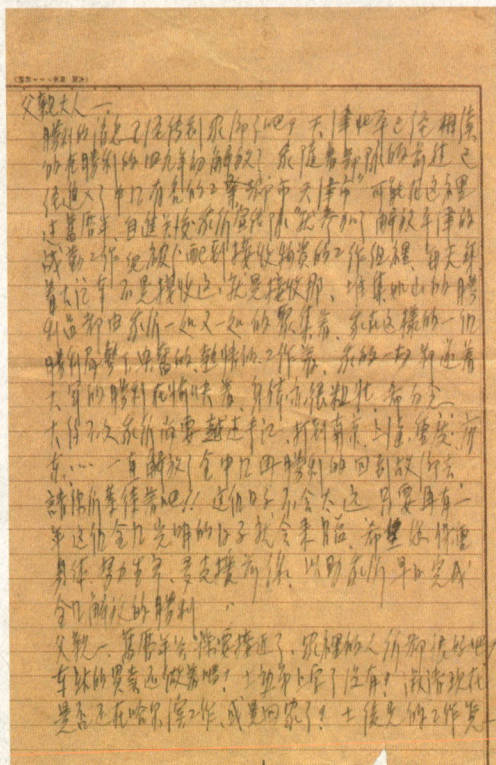

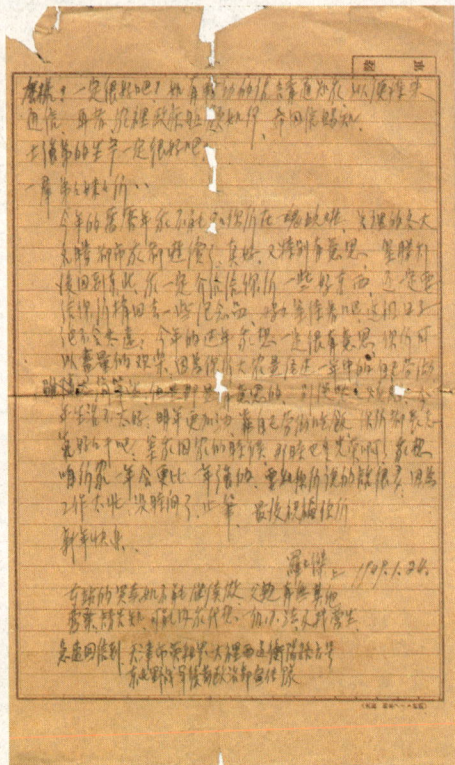

家书原文

父亲大人：

胜利的消息已经传到家乡了吧？天津、北平已经相续的在胜利的四九年初解放了。我随着部队的前进已经进入了中国有名的工业都市"天津市"，可能在这里过旧历年。自进关后我们宣传队就参加了解放平津的战勤工作，儿被分配到接收物资的工作组里，每天乘着大汽车不是接收这，就是接收那，堆集〔积〕如山的胜利品都由我们一处又一处的聚集着。我在这样的一个胜利局势下，兴奋的、热情的工作着，我的一切都迎着大军的胜利在愉快着，身体亦很粗壮，希勿念。

大约不久我们尚要越过长江，打到南京、上海、重庆、广东……一直解放了全中国，再胜利的回到故乡去，请你们等待着吧！！这个日子不会太远，只要再有一年，这个全国光明的日子就会来临，希望您保重身体，努力生产，多支援前线，以助我们早日完成全国解放的胜利。

父亲，旧历年关就要接近了，家里的人们都很好吧？车站的买卖还做着吗？士勋弟[1]上学了没有？淑清[2]现在是否还在哈尔滨工作，或是回家了？士俊兄[3]的工作怎么样？一定很好吧？如有转动的话请通知我，以便将来通信，再者，家里政府照顾如何，希回信赐知。

士强弟[4]的生产一定很好吧？

一群弟弟妹妹们：

今年的旧历年我不能和你们在一块玩啦，关里的各大名胜都市都游赏了，真好，又特别有意思，等胜利后回到东北，我一定介绍给你们一些好东西，还一定要给你们捎回去一些纪念品，好好等待着吧。这个日子绝不会太远！今年的过年我想一定很有意思，你们可以尽量的欢乐，因为你们大家是经过一年中的自己劳

---

① 士勋弟，指写信人的弟弟罗士勋，排行老三。
② 淑清，指写信人的爱人李淑清。
③ 士俊兄，指写信人的大哥罗士俊。
④ 士强弟，指写信人的堂弟，自从父母去世后一直在罗士杰家生活。

堆积如山的胜利品

动，虽然简单些，但是那是有意思的，别使老人烦恼。今年生活不太好，明年更加油，靠自己劳动吃饭，你们都长志气好好干吧！等我回家的时候，那时也多光荣啊！我想咱们家一年会更比一年强的。要和你们说的话很多，因为工作太忙，没时间了，止笔。最后祝福你们

新年快乐！

罗士杰　上
1949.1.24

车站的买卖如不能继续做，父亲有无其他营业，请告知。可能由我代想一个办法，及找营生。急速回信到：天津市英租界大里西道衡阳路六号　东北野战军后勤政治部宣传队

家书背景

▲ 罗士杰，照片后文字：士俊哥哥留念，胞弟士杰。1950年5月于河南郑州

1949年1月15日，200万海河儿女欢天喜地庆祝天津解放。9天后，参与天津接管工作的罗士杰，在繁忙的工作之余给远在哈尔滨的父亲写了上面这封信。

罗士杰是东北野战军第四军分区政治部宣传队的一名战士。天津解放初期，他所在的宣传队就参加了解放平津的战勤工作，罗士杰被分配到接收物资的工作组，负责接收战后的胜利品。从这封家书中可以看出，接收工作正在紧锣密鼓地进行，大家精神愉悦，士气高昂。

接管天津，我党早有筹划。1949年5月，

天津军管会主任黄克诚在《关于天津接收工作给中共中央、华北局的综合报告》中说，早在部队攻城之前，一批准备接管天津的干部已集中待命，做好了准备。第一，进行思想动员，说明进城任务，为解放天津人民，建设天津，为华北人民与解放战争服务。讲明进城工作的方针步骤；宣布纪律，不乱讲，不乱做，不私拿东西，不贪污腐化，遇事请示报告；讲解各种具体政策，如职工运动、工商政策、外交政策、文化政策等，使参加工作的干部统一思想、统一政策认识。

▲ 罗士杰，1953年夏摄于北京

第二，组织接管机构，分财经、文教、市政三大部门。财经部门下设金融、对内对外贸易、仓库、交通、铁道、水利、农林、摩托、卫生、电讯、工业等共十三个处；文教部门设有新闻出版、教育、文艺三个处；市政部门下设公安、卫生、教育、民政、工商、公用、财政等局，并把所有来的干部分别配备到各个机构。第三，划分和确定各部门接管对象，并由各部门自行订出接收计划，交市委会审查。第四，拟制布告条例等，以备进城使用。

1月14日开始攻城，主要接收干部当日进到杨柳青附近。15日上午12时公安干部一部即进入市内，军管会与各机构的主要干部于16时进入市内，其他干部和纠察部队连夜赶赴市内。16日所有干部全部到达，立即赶赴指定岗位展开接收工作。

原国民党各机关人员（包括政权、文教、学部、企业），除政权、学部、特务机关留少数人看守办公地点外，其余人员大部分遣散回家；企业部门人员，除战斗激烈、遭受炮火威胁的单位分散回家外，其他均在各单位未动。因为各机关均有移交的精神准备，有些单位还进行了移交演习。

堆积如山的胜利品

161

▲ 罗士杰，2003年摄于厦门

所以我接收干部到达各岗位后，一经号召，分散回家人员很快就返回了工作岗位，经我方宣布政策，讲明接管方针、手续后，即行办理移交。这样，有些部门迅速恢复了日常工作，如警察、公用事业及一部分工厂。只用了不到一周时间，所有机构，除个别未发现的机构及敌人破坏和遭受战争毁坏的机构（如中纺七厂、正中书局等）外，已全部接收完毕。

所接收机构的物资、档案、用具等，除敌人事先疏散、埋藏及烧毁者外，其他文件物资均完整无损，接收工作顺利完成。所接收的物资中数量较大的有布、纱约150万匹，各种粮食约3000万斤，汽油、机油约4万桶，军衣（大衣、棉衣、单衣）约30万套。至2月初，接管任务基本完成。①

就在罗士杰给父亲写完家书之后的第四天，天津迎来了解放后的第一个除夕夜。这是一次真正的新旧交替，不仅是时令节日的转换，而且是社会面貌的巨大变化。因为，天津人民从此过上了和平安定的生活。可以想见，罗士杰的这个春节在天津过得也不错。随着接管任务的逐步完成，春节后不久，罗士杰所在的宣传队就南下武汉，继续进行战利品的接收工作。

---

① 参见中共天津市党史征集委员会、天津市档案馆编：《天津接管史录》（上），北京，中共党史出版社，1991。

渡江来信

1949年端午节　袁志超致八弟袁军

亲爱的八弟：

　　你阳历四月廿三日寄给我和你四哥的信，我于五月廿八日收到，我看了你的信，发现你比以前是有了很大的进步，信写的很好，希望你要更好的学习。

　　我接到你来信的地方，是江西省东北方向乐平县城里，你们一定是想不到的吧！我们应该谢谢作邮务工作的同志，我真想不到在战争中，又是这样远的路还能接到你们的信。

　　亲爱的八弟，你就拿起这封信来去读给母亲听吧，她老人家听了心里一定很欢喜的，我现在就把我们过江以来的许多事情捡〔拣〕重要的讲给你们听吧！

　　你们应该知道，在四月五日到二十日的十五天中，我们是和国民党谈过和平的，我们的毛主席为了少打仗，少叫老百姓受苦，少破坏许多财产，少死伤人，于是提出了八个条件叫国民党接受，谁知国民党这伙反动家伙顽固到底，不愿意接受和平条件，于是在四月廿一号那天，毛主席和朱总司令下了命令，叫我们三路解放大军一齐过江，去把国民党反动军队消灭光，解放江南人民，建立自由、幸福的新中国。我们接到命令后就过江了，因为队伍成千成万的，很多，一时过不完，我们等到廿四日才渡过长江的。廿三这天晚上，我们冒着大雨跑了七十里路，赶到长江边，住到一个村子中，这地方是安徽省桐城县，这村子的名字

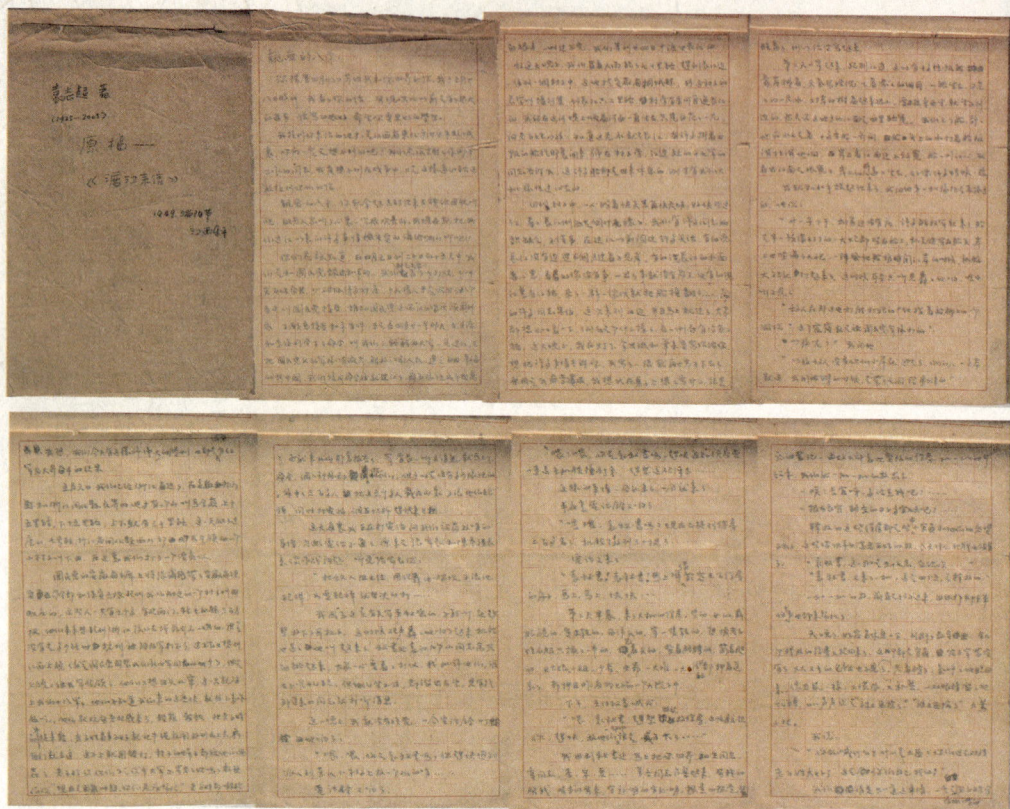

叫随河集，到长江只二里路，村旁有条河直通长江的，我站在这河堤上顺着河面一直望去，只见白茫茫一片，问老百姓以后，知道这片水就是长江。有许多挂着白帆的船从那里开来，停在村子旁，江边驻的十七军的同志告诉我，这许多船都是回来休息的，刚才有我们大批队伍过江去的。

回到村子中，一心盼着快天黑再快天明，好快些过江，看看长江倒〔到〕底是个什么样子。我们有许多同志知识缺乏，不懂事，在过江以前闹过许多笑话，有的说长江没有边，过半个月过〔还〕看不见岸；有的说长江的水面善心恶，看着好像没有事，

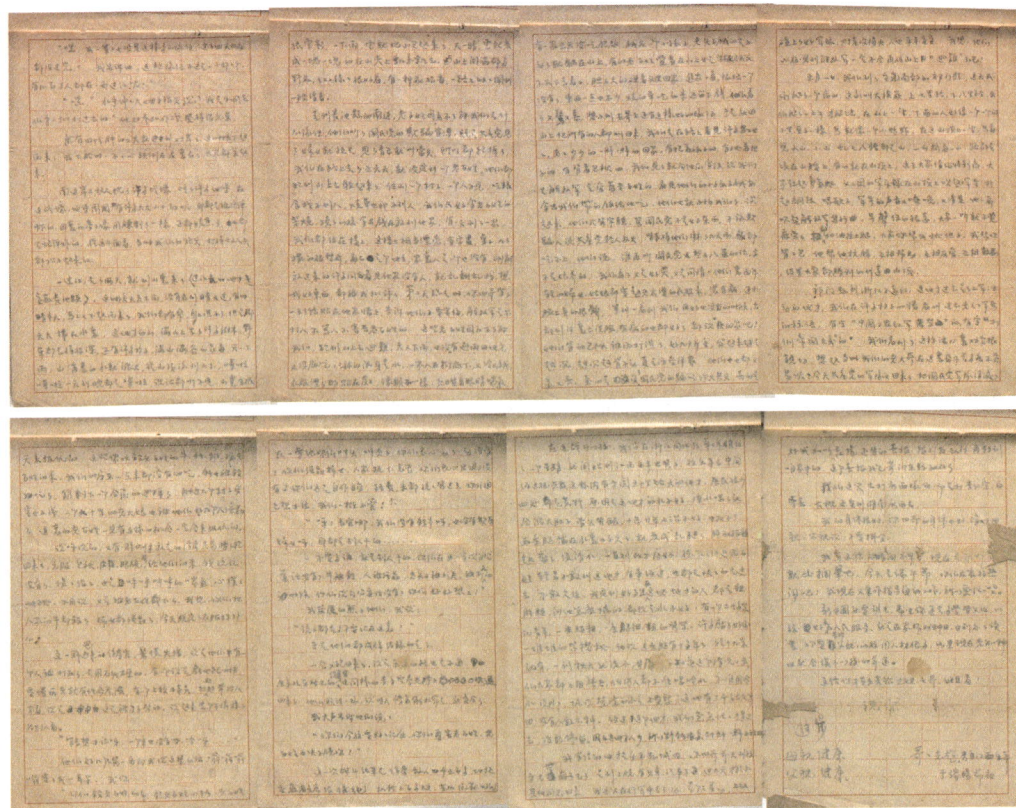

一出了事就没有命了；也有的说江里有江猪，来了一群一家伙就把船撞翻了……闹的许多同志害怕。这次来到江边，并且马上就过了，大家都想好好看一下，倒〔到〕底是个什么样子，看看倒〔到〕底有没有江猪。这天晚上，我在灯下拿出纸和笔来要写信给你，想把许多事情告诉你，我写了一张就再也写不下去了，原因是我疲劳得很，我想伏在桌子上想想写什么，结果睡着了，所以信没写起来。

第二天一早起来，跑到江边，这时有十多条帆船靠岸排着，天气很阴沉，下着濛濛的细雨，一眼望去，白茫茫的一片水。对岸的树看起来很小，要往东西望，就望不到边的，船夫说这地方的江面是四里路宽。我们上了船，静静地在水上走着，十多条船一齐开，船头上的水打着船板，泼拉〔啦〕泼〈啦〉地响，在岸上看江面还不算宽，船一到江心，就看出江面是很宽了，岸上的人群远远望去，好象许多蚂蚁一样。

我就和水手谈起话来了，我问他第一批队伍是怎样过的，他说："廿一号下午，太阳还没有落，许多解放军就来了，船是早一〔已〕预备好了的，大炮都架在船上，机关枪架在船头，岸上也架满了大炮，一阵风把船推开江岸时候，机枪大炮就打起来了，这时候耳朵只听见轰轰地响，啥也听不见了。"

"敌人在那边也打枪打炮的，"他指着船梆上的一个洞说，"这个窟窿就是被国民党军队打的。"

▲ 袁志超，1956年摄于西藏

"以后呢？"我问他。

"以后敌人没等你们上岸就逃走了，你们人一上岸就追，我开船回来的时候，是带了七个俘虏回来的。"

"嘿，我一辈子也没见这样多的军队，过了四天四夜都没过完。"我告诉他，"这些队伍不过是一小部份〔分〕，有几百万人都在一齐过江呢！"

"嘿！"水手伸伸大姆〔拇〕手指头说，"我是和同志们第一批打过去的！"他对参加作战，觉得很光荣。

船有四十分钟的工夫就到对岸了，这时候下起雨来了，我下船时一不小心跌倒在泥里去了，大家都笑起来。

南边岸上敌人挖了许多战壕，修了许多地堡。在这战壕、地堡周围有许多大大小小的坑，那都是被炮弹炸的。田里的麦子像用镰割了一样，还都烧焦了，也都是炮弹炸的。从这上面看，当时我们的炮火，打得敌人头都抬不起来的。

▲ 袁志超，摄于1949年

一过江，走了两天，就到山里来了。（过江去的地方是安徽贵池县）这时候天天下雨，没有看到晴天过，有时晴半天，马上又下起雨来了。我们都有伞，身上湿不了，但是脚天天插在水里。这地方的山，满山上生了许多树木，野草都长得很深，还有许多竹子，满山满谷的长着。天一下雨，山沟里的水就涨大，从山顶流到山下，哗啦哗啦一天到晚都是哗啦，说话都听不见。山里有很很〔多〕云彩，一下雨，云就把山包起来了，天一晴，云就变成一块一块的在山尖上飘来飘去。山上开满许多野花，红红绿绿很好看，有一种花很香，一路上时时闻到一股清香。

走到贵池县的南边，老百姓因为不了解我们是什么队伍，他们听了国民党的欺骗宣传，说是共产党见了妇女就拉走，见了青年就叫当兵，所以都跑掉了。我们在路上走了五六天，就没见到一个老百姓，他们都跑到山上去躲起来了。

住到一个村子，一个人不见，吃粮食找不到人，烧草也找不到人，我们只好拿老百姓的柴烧，烧了以后拿出钱在〔再〕放到他家。

有一天到了一家，我们都住在楼上，这楼上相当漂亮，有字画，桌子、几子摆的很整齐，看去是个地主，家里人是一个也没有。刚解放过来的许多同志，看见他家没有人，就乱翻乱找，想找好东西，都被我批评了。第二天临走时，你四哥写了一封信贴在他家墙上，告诉他们不要害怕，解放军是不打人不骂人不害苦老百姓的。

这些老百姓因为不了解我们，跑到山上去逃难。天又下雨，也没有避雨的地方，又没饭吃，淋的浑身是水。一家人在树底下，又冷又饿，衣服湿了都贴在皮上，像猴子一样，光瞪着眼睛喘气。有一家五天没吃饱饭，饿死一个小孩子，老头子饿得走不动了就躺在山上。有的老百姓觉着在山上也是淋死饿死，不如下去看看。胆子大的硬着头皮回家，进家一看，队伍一个没有了，东西一点也不少，烧的草吃的米还留下钱。他们看了又惊又喜，想不到世界上还有这样好的队伍，于是回山上把所有的人都叫回来。

我们走在路上看见许多男男女女，老老少少的一群一群的回家，有抱着孩子的，有挑着担子的，有背着包袱的。我们见了就向他们宣传，说我们是解放军，是爱护老百姓的，看见他们的小孩子饿就拿出我们带的饭给他吃。他们也就不怕我们了，谈起来，他们大发牢骚，骂国民党不是好东西，不该欺骗人说共产党杀人放火，吓得他们淋了几天雨，饭都吃不上。他们说，谁再听国民党这些王八蛋的话，就不是娘养的。我们看了又是好笑，又是同情。

他们里面年轻的妇女、姑娘都穿起老太婆的衣服来，装有病，还把脸上弄的很脏，等到一看到我们再好也没有的时候，就都到河里去洗脸，有病的也都好了，都说："快回家吧！"她们背的包袱被雨打湿了，好几十斤重，背起来越走越沉，越沉越背不动，真是活受洋罪。他们也都又气又喜，气的是受了国民党的骗，吃了个大苦头，喜的是碰上了好军队，财产没损失，人也平平安安。我想，

▲ 袁志超（左）和四弟袁志坚，摄于1954年

他们以后见到解放军一定不会再往山上"逃难"了吧！

五月一日，我们到了安徽南部的祁门县。这天我们爬了一个高山，这山叫大横岭，上七里路，下八里路，我们爬了一上午才爬上去。在山上一望，下面的人好像一个一个的小黑豆子一样，马就像一个个小蚂蚱。在这山顶上一望，只看见大山、小山，乱七八糟都是山，一山挤着一山，路都是绕在山腰上，有的就在山顶上。这天大家情绪特别高，大家鼓起勇气爬。文工团的军乐队在山顶上吹起军号，打起铜鼓，唱歌子。军号的声音又嘹亮，又清楚，他〈们〉一齐吹起《解放军进行曲》，号声传的很远，大家一听就不觉疲劳了，都加油往上爬。大家你帮我担挑子，我帮你背背包，他帮他抗〔扛〕枪，互相帮助，互相友爱，互相鼓励，结果大家都胜利的到达山顶。

祁门县到浙江不远的，这地方过去是红军活动的地方。我们在许多村子的墙〈上〉看到过去老红军写的标语，有写"中国工农红军万岁"的，有写"打倒帝国主义"的。我们看到了这标语，心里对它很亲切，想起当时我们的老大哥在这里奋斗是多么不容易呢！今天共产党的军队又回来了，把国民党军队消灭了。我想，

▲ 战斗间隙写家书，摄于1949年

我们今天有这样许〈多〉伟大的胜利，也都是因为有红军老大哥奋斗的结果。

五月六日，我们已经〈来到〉浙江省边了，在安徽祁门县和浙江开化县交界的地方有一个山叫马金岭，上十五里路，下十五里路，上下就有三十里路，这一天爬了这座山。七号，驻浙江省开化县西北部马金镇的一个小村子叫下田，在这里我们打了一个漂亮仗。

国民党的安徽省主席、上将张仪纯带了安徽省保安司令部和保安五旅跑到我们附近的一个村子叫田畈庄的，这些人一共有五千多，有炮两门，轻重机枪三百多挺。他们本来想跑到浙江溪口去找蒋介石一伙的，但是没有走多少路时，杭州被解放军打下了，过不去，又想到江西上饶（就是国民党囚禁我们新四军同志的地方），但是上饶又被我军占领了。他们又想回头北窜，这一天就碰上了我们十八军了。他们不知道我们来的这么快，就住下来做饭吃。他们就玩起老把戏来了，杀鸡、杀猪，把老百姓的牛捉来杀。老百姓看事不好就把牛绳放开，放到山上去，蒋匪们就去追，追不上就用枪打。村子的妇女们被他们强奸了，老百姓说："你们不是说中央军不害老百姓吗？"蒋匪们说："现在是困难时期，你们应该帮忙。"老百姓都吓跑了，也就来我们这里报告了。

军首长一听这消息，就马上下命令，调了部队都截住打他们。但这时是没有多少队伍的，集中了三百多人，把这五千多人截在山里，不让他们跑掉，同时打电报，调五十三师赶快来包围。

这天夜里我正在打电话问我们站岗放哨的事情，忽然电话不通了，原来是张军长①和陈参谋长②来谈作战问题，听见张军长说：

"把敌人阻止住，用炮轰他一家伙，不让他跑掉，如要跑掉就坚决的打……"

我因为这是有关军事秘密的，不能听，就赶紧放下了耳机子。这时候炮声轰轰地响了起来，机枪也哒哒地叫起来了，秘书处里的几个小同志高兴的跳起来。大家一心要看看打仗，我批评他们，谁也不准乱跑，但他们坐不住，都溜出去望，见有从那边来的同志就打听消息。

这一晚上，我就没有睡觉，一会儿电话铃叮铃铃地响了：

"喂！喂！你是袁秘书吗？你赶快通知派人到东头小村子上放一个班的哨……"

电话铃又响了："喂！喂！你是袁秘书吗？赶快通知侦察营一连送重机枪撞针来，赶紧送炮弹去……"

这样的事情一会就来了，一会就来了。

半夜里电话铃又响了："喂！喂！袁秘书吗？现在已捉到俘虏二百多名了，机枪缴到三十挺了……"

电话又来了："袁秘书！袁秘书！马上准备能容三百俘虏的

---

① 张国华（1914—1972），江西省永新县怀忠镇人。1929年参加红军，1931年加入中国共产党。参加了长征、抗战和解放战争。1949年2月，任中国人民解放军第二野战军第五兵团18军军长，率部参加挺进中原、淮海、渡江和进军西南的多次重大战役战斗。1950年1月，奉命率18军进军西藏，促成了西藏和平解放，后任西藏军区司令员、军区党委第一书记等职。1955年被授予中将军衔。

② 陈明义（1917—2002），河南省商城县人。1931年参加红军，1933年由共青团转入中国共产党。参加了长征和抗日战争。解放战争时期，任豫皖苏军区参谋长、第二野战军18军参谋长。1950年，任进藏后方部队司令员兼政治委员、西藏军区副司令员兼参谋长等职。1955年被授予少将军衔。

房子，马上，马上，快，快……"

第二天早晨，来了大批的俘虏。男的、女的、带〔戴〕眼镜的、穿皮鞋的、留洋头的、穿一只鞋的、想换老百姓衣服只换了一半的、包着头的、扎着胳膊的、瘸着腿的、姑娘、小姐、少爷、老爷一大堆一大堆的都押着送来了，都押在昨夜找好的一个大院子中。

下午，王副政委①喊我："喂，袁秘书，赶紧组织放俘虏，这任务交给你，赶快，放他们一部分快走，盛不下了……"

我回到秘书处，马上把你四哥和王同志、章同志，李、宋、夏……各同志召集起来，发钱的发钱，发米的发米，写证明的写证明，检查的检查，登记的登记。由敌工部里把要放的俘虏一批一批的介绍来，我们就一批一批的放出去。

"唉！长官呀，多给点钱吧！……"

"报告长官，路条的日子多写几天吧！……"

释放的这些俘虏都是些中小官员和他们的老婆孩子。这些家伙平日喝老百姓的血，今天什么把戏也没有了。

"袁秘书，这一批是五十七名，交给你……"

"袁秘书，又来了一批，这是四十五，是释放的。"

一批一批的放，简直是忙不过来，组织部郑干事、任干事也都来帮忙了。

天晚了，好容易休息一下，到街上散步，有几个释放的俘虏又跑回来了。这几个都是官员，呢子军装没有了，又大又重的包袱也不见了，光着膀子，气呼呼地跑回来，像老鼠一样，又慌

---

① 王幼平（1910—1995），山东省桓台人。1931年加入中国共产党，参加了宁都起义，参加了工农红军和长征。时任18军副政委。新中国成立后调到外交部门工作，先后任驻罗马尼亚、挪威、古巴、苏联等国大使，外交部副部长等职。

张，又机警，一双眼睛溜溜地乱转，口口声声说是"被土匪抢了"，"被土匪抢了"，大惊小怪。

我说："你乱喊什么？什么是土匪？你们过去对待老百姓太好了，这是你们自己找的！"

我们清楚知道这事情，一定是受他们害的老百姓今天来报仇的，这些家伙杀老百姓的牛、猪、鸡，抢老百姓的米。我们的房东一点米都没有的吃，猪也被杀吃了，鸡剩下一个会飞的逃掉了。附近几个村子受害也不浅，一个六十岁的老大娘也被他们好几个

▲ 袁志超，1970年5月摄于格尔木

人强奸了，这里的老百姓一见有这样的机会一定会来报仇的。

说呀说的，又有一群刚才放走的俘虏光着膀子跑回来了，衣服、包袱、皮鞋、眼镜，发给他们的米、钱统统没有了，慌慌张张，也是呼呼呼呼的喘气，心扑扑地跳，不用说，又是被老百姓截下了。我想，你们把人家的牛都杀了，妇女都强奸了，今天脱光了衣服算什么？

这一群逃回来的俘虏官，惊慌失措，说是他们中有一个人被打死了，是用石头砸的。有一个说是亏他跑的快，要慢两步就有性命危险。有一个上校办事员，把血腿举给人家看，说是这是被刀子劈的，说起来装个可怜样子给别人看。

"长官想办法呀，一个米也没有呀，冷呀……"

他们好几个嘴一齐向我说这样的话，嗡嗡嗡嗡塞了我一耳朵。我说：

"你们杀老百姓的牛，杀老百姓的猪，老百姓在一旁给你们叩头，叫老子，你们良心动了一动没有？你们强奸妇女，人家跪下哀告，你们良心发现了没有？你们这是自作自受。路费、米都统统发过了，你们自己想办法，我们一概不管！"

"呀！长官哪，我们没有杀牛呀，也没有欺辱妇女呀！那都是别人干的……"

"不要多讲，就是别人干的，你们在一旁说句公道话没有？牛被杀，人被强奸，老头子被拉夫，被打死的时候，你们说句公道话没有？你们好好想想！"我严厉的熊了他们。我说："统统都走！不要站在这里！"于是他们都成群结队的走了。

一会儿又跑回来了，说是东边的路也走不通，原来往东路去的俘虏官也同样的赤手空拳光着膀子回来了。他们联结一队，说明天傍着解放军走，就安全了。

我大声告诉他们说："你们今后要好好记住，你们要害老百姓，老百姓也决不饶你〈们〉！"

这一次战斗结果是俘虏敌人四千五百多，活捉安徽省主席张仪纯，机枪三百多挺，其他缴获也很多。

在这战斗以后，我们在浙江开化县华埠镇住了一个星期，就开始到江西乐平出发了。往乐平去中间经过德兴县，这县内有方圆五十里路大的地方，居民很少，四处都是荒野，原因是这地方的水不好。凉水喝了就会胀大肚子，骨头发酸，十年廿年也治不好，也死不了，两条腿插在水里日子久了，就变成乱〔烂〕腿了，肿的很粗，起瘤子，流清水，一直到死不会好。德兴附近老百姓，轻易不敢到这地方，有事经过，也都是快快的走过去，不敢久住。

我见到好多生在这块地方的人，都是粗肿腿。问他怎么搞的，都说是水不好。有一个廿多岁的青年，一条腿粗，一条腿细，粗的发紫，许多瘤子好像一堆堆的紫樱桃。他说这条腿有十多年了，从十几岁就有，一到秋天就流水，发痛。一知道这个情况，我们大家都互相警告，任何人都不准喝冷水，不准用冷水洗脚，据说烧滚的水是不要紧了。这地有三千多亩平田，没有人敢去种。经过这个地方，我们急急忙忙赶过去，没敢停留。因为这地方人少，所以野猪很多，三十五十一群，不算回事。

我写信的地方是乐平县城里，你四哥前天到后方去带病号去了，是到上饶，有火车、汽车可通，过几天才能和其他同志回来。我这次在行军中立了功，是个三等功，上级对我加以表扬，还发的喜报，报到县政府，再转到咱家中的，这个喜报我已寄沂东县政府了。

我们这次去打广西队伍，即是打李宗仁、白崇禧，大概还要

渡江来信

▲ 袁志超的立功喜报

到湖南、广西去。

我的身体很好，你四哥的身体也好，请对母亲、父亲说，不要挂念。

我写这信的时间不早了，现在是鸡叫了，就此搁笔吧。今天是端午节，你们在家很热闹吧？我现在又兼作指导员的工作，所以更忙一些。

新中国就要诞生，希望你还是多学习文化，以后好多为人民服务，就是在家帮助种田，也别忘了读书。你要告诉父亲，以后用人材很多，如果现在光知种田就会误了以后的前途。

这信你可转寄给五姐、七哥、七姐看！

祝你

进步！

母亲健康

父亲健康

哥哥志超，寄自江西乐平

于端阳节夜（1949年）

家书背景

袁志超，山东临沂人。生于1925年，1944年参加革命，在山东大学工作。1947年调至豫皖苏军区政治部，后编入第二野战军，在18军司令部、政治部任秘书。

1949年，18军作为渡江大军西集团第二野战军的总预备队，于4月26日在安庆至枞阳镇地段渡过长江，向殷家江、祁门、开化、衢州一线挺进，追歼逃敌。5月5日，在马金岭战斗中，歼灭国民党安徽省保三旅、保五旅计5 000余人，活捉国民党安徽省主席兼上将保安司令张仪纯。之后，18军一部西进鄱阳湖，解放湖口、都昌、九江、庐山，保障我南下大军粮道安全。1950年袁志超随18军进军西藏，西藏和平解

▲ 袁志超（右）与八弟袁军，1988年摄于临沂

放后，他长期扎根在青藏高原，为守卫边疆、建设边疆作出了贡献。离休后回到石家庄，2003年去世。

袁志超兄弟姐妹八人，他是老大，收信人袁军是他最小的弟弟。在和睦的家庭中，他对八弟格外疼爱，所以这封长信就是写给八弟的。在南征北战远离家乡的征途中，袁志超从不间断给弟弟妹妹们寄信，热情地关心他们的成长与进步，使弟妹们受益匪浅，彼此之间也建立了深厚的感情。袁志超是一个非常勤奋的人，在那么紧张艰苦的日子里，他每年除了给家里寄回大量的书信以外，自己还写下了多本《南下日记》和《进藏日记》，这都是留给后人的宝贵财富。

2005年，年逾七旬的袁军把这封珍贵的渡江来信捐赠给了抢救民间家书项目组委会，该家书次年6月被中国国家博物馆收藏。

渡江来信

在坚强中生出勇敢来

1951年1月21日 彭养正致侄子彭正予

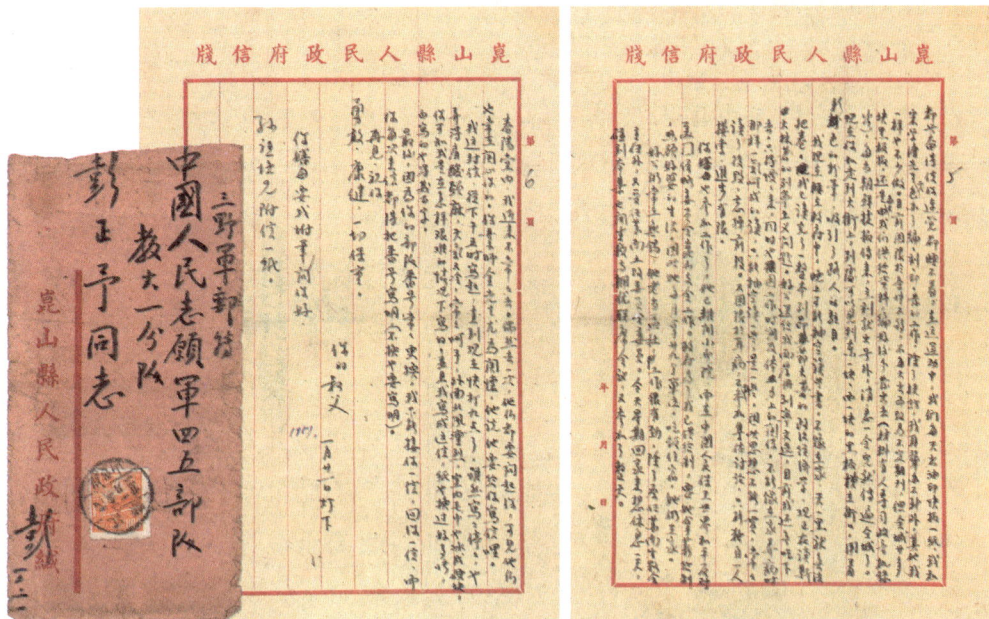

银侄[1]：

你在一月十五日寄发的信，很快地就已入了我的目，千万里的邮途只走了五天就到了。当我上次读你的信，见你说到因为有关军事机密，不能将地点告诉我时，我心中就在揣测，"不会到了朝鲜去了吧？"我每天每时的在这样嗫咕[2]着。现在知道所料虽未全中，却也猜中一半。好样儿的，亲爱的胞侄！你今天为了祖国，为了全亚洲、全世界的和平与安全，站到最光荣的岗位上去了！我一边读信，一边激动得泪水盈眶。我每当兴奋过度，常常会不自觉流下热泪。这是快乐的泪，是沸腾的热血流到眼眶，而把泪水挤涌出来的。之后，我见到凡是熟识的人，我就告诉

①银侄即家书捐赠者彭正予，乳名银福，学名继祖，参加革命时更名为正予。
②嗫咕，念叨。

179

他："继祖在中国人民志愿军中。"我为什么不应这样兴奋呢？该啊，作为你的一个胞叔，有着你这个好样的侄子，已经分受〔收〕到一份光荣，我为什么不要兴奋呢？

▲ 彭正予，1956年摄于浙江宁波

▲ 彭养正，摄于1958年

我现在这样写着，行文措句，都感到我的一字一句都不能表达我心中兴奋情绪的万一。我已经激动得心神发颤，嘴唇发麻，并且感到我的写作能力的不够，不能把心中所想说的完整的拷贝到纸面上。这种感觉，从我学会写文以来，还是第一次经历。

同时，我现在这样写着，也在痛楚地忆念到你的父亲，我的胞兄。假使他今天还健在的话，他又将是怎样一种心境？他性子虽是急躁，但也是一个富正义感、富爱国心的人。他若在世，知道你现在站到国防前线，捍卫边疆，又该怎样快慰！"儿女是应该献给祖国的。"他当然明白这道理，从而他会把这道理去宽慰你母亲，让她明了你现在所负的使命。正因为以往的日子里，普天之下的千万父母都在残酷的战争中失去了儿女，今天你在参加的正义行动中，就为的使这次的正义战争获取最后胜利，而抑制侵略者更大的战争狂，从而拯救了天下的父母不再会失去他们心爱的儿女。

写到你父亲，我是悲痛的。但我要你不要单纯的徒然悲痛，我要请你先想一想，你父亲是怎样死的？你当然知道他是死于病。不，事情不能这样简单。我们还得追本穷源的分析来由和联系到实际社会制度上去。固然，你父亲是死于病，但，最大的因素，却是另一个可诅咒的字——"贫"！假使不是为了这个贫，有病也可及时医治；假使不是为了家庭负担的重压在心境上，也不会加重病情的恶化，而才只一百天就送了命。你父亲发病回家，原来若能好好调养，是有希望转机的。正因为这个贫字在作祟，一使你舅父失业而被迫迁居邵家房屋，二使你父亲因生活威胁而心境难展，郁悒增病。这样，就促使他病象恶化而终至弃世。你二叔的死，也是同一的命运。那么，他们老弟兄俩为什么都是贫病交迫，即使辛勤一生也挽救不了他们的死？这就是我们要追究到的因素。这因素不是别的，就是三大敌人——帝国主义、封建主义、官僚资本主义造的孽！数千年的封建遗毒，使我国所有勤劳的人民，世世代代堕入穷迫困窘之中；一百多年的帝国主义势力侵入，更促使我国农村破产，国民经济极度衰落，尤其是日寇的发动侵华战争，使你父亲和二叔服务的药店和电厂停了业，这就使他们经济上大受打击，减少了收入。接着，官僚买办阶级疯狂性的掠夺，通货膨胀使物价一日三跳，无形中在一分一秒的吮吸了他们以至全国千百万人民的膏血。这就使他们在生活战线上挣扎，戋戋收入，仅堪维持一家人最低限度的续命生活，绝对没有余钱来照顾到病的调治，一天天让病魔困扰到死！假使没有这三大敌人，他们是可以好好活到现在的。所以，他们不是死于病，而是死于帝国主义、封建主义、官僚资本主义的三只魔爪的！

　　因此，我要你不光是悲伤，而要你记住这种仇恨，化悲愤

在坚强中生出勇敢来

▲ 彭正予，1952年初摄于山东兖州

为力量，为你父亲、为你二叔，并为了世界上千千万万像他们同样遭遇的人民，用高度的仇恨，替他们报仇雪恨；更为了以后世世代代不再遭受这种命运而奋斗！

银儿，为了你母亲，你也应该加倍警惕。现在，她还处在困难的境地中。要使她晚年好好生活，就应该努力去挖掉那害她身处困境的祸根，使我们这次正义战争早一天获得胜利，早一天让我国人民在和平建设中慢慢由生活好转而改善、而富裕。这样，当然你母亲也能享受得到的。并且战争早一天结束，你也可以早一天回来安慰她了。是吧？

所以，今天的你，还不是怀乡思亲的日子，而是怎样完成你所负的一份使命的时候。你是一个团员，你当然知道怎样做一个好团员。作为一个好团员，也和一个好党员一样，在需要的时机，生命都可以贡献出来，交给有利于人类的事业。那末〔么〕，还有什么别的不能割舍？你信上虽然强调你不曾脆弱到要哭的地步，但你却明明自认不免感情冲动。即使这冲动，也是不应有的，一定要坚强，在坚强中才能生出勇敢来。将来有一天，当你在跟敌人生死搏斗的时候，就需要这种坚强中生出来的勇敢去战胜敌人。假使你常常感情冲动，万一在那时也念及母老弟幼，那末〔么〕就会削弱你的战斗情绪，在敌人面前畏怯不进的。但愿

182

我现在这样说不曾料中，你秉有你父亲的一股火爆性，谅不致这样脓包的。

现在，你是远在千万里外，云天一方，而且又是在中国人民志愿军中，那末〔么〕，这消息若给你母亲知道，势必会更加重她的怀念和忧虑。我想，为了免于她日夜担心，还是瞒住她的为妙。一个人处世的态度固然要诚实，但有时为了有利于实际和免却不必要的担忧，说一下谎是可原恕的。因此，我主张对她封锁消息，不把你现在所处的环境和地点告诉她。你只是经常写信安慰她，说你很平安的在不远的某处，好得〔在〕你的信由军邮发出，不盖地名戳子，她无由拆穿西洋镜。同时，你在信中尽量多多描述你在部队中的好生活，说明首长如何照护，同志如何相爱互助，犹如在家中父母兄弟相处一样，让她多放心。镇侄①那儿，你也去信咨照②他，叫他不要把真实消息告诉母亲。等到你将来凯旋归来，再告诉她，你是到过某地，经历了多少路程，体验了何种生活，像〈讲〉《山海经》一样讲给她听，那时她就只有惊奇快活了。现在让她知道，非但毫无裨益，反而多招她的伤感。

你要我多给你母亲写信，开通她的思想，当然义不容辞。但要说明道理，信上几行字，实在不容易表达明畅，又不能抽象地说空话，只有详尽说明所有历史性的根源才能使她了解。而对于一个不识字的人，语汇方面就不能使用术语，比如什么叫帝国主义，什么叫封建主义等，说了她也不懂。因此，只有面谈还可以用通俗语句来譬解。我若有空，很想抽身去甪③一次，跟她谈谈，只是不知能否成行。

---

① 镇侄，彭正予的胞弟彭镇福。
② 咨照，关照。
③ 甪，指甪直，镇名，在江苏吴县，彭正予的家乡。

在坚强中生出勇敢来

▲ 彭正予（二排右二）与战友合影，1952年摄于山东兖州

　　镇侄那儿，自你走后，一直没有收到他一鸿半爪，也许是他太忙，也许他不知我的门牌号数，所以不来信。我也因不知他的地址，没有去过一信。现在知道了，有空当去一信了。炽元①这孩子，从来就是不知写信的人，我也懒得去反就②他。二婶也久无音讯，去春曾为炽英婚事去信问问，连回音都得不到一点，他们只有在有求于人时才想到我的。

　　末了，来说说我自己，自从参加工作以来，也许精神上愉快

---

①炽元、炽英，彭正予二叔的子女。
②反就，迁就，意指彭养正不愿意主动给炽元写信。

了，把病都忘记〈了〉。在抗美援朝运动中，我们昆山也搞得热火朝天，在几次壮伟的示威游行中，都兴奋得使你连觉都睡不着。在这运动中，我们每天出油印快报一纸，我和宋学濂先生二人包办了编、刻、印、发的工作。除了采访，我耳聋办不到外，其他我一样也不少做。目前因限于条件不够，不每天出，而改为不定期刊。但全城廿多块黑板报，还是每天由我们供给资料，编好后分发出去（材料有人专司收音机录出），每当朝鲜捷报传来，立刻就出号外，消息一会儿就传遍全城了。现在，你如走到大街上，到处可以见到东一块、西一块的黑板横在街口，用着彩色的粉笔，吸引了路人的驻〔注〕目。

我现在睡在政府中，晚上可能抽空读些书，不像在家，天一黑就无法把卷。我已读完了一整本列昂节夫著的《政治经济学》，现正在读斯大林著的《列宁主义问题》。好公①送给我两厚册《列宁文选》，目前我还无法吃下去，只得慢慢来。同时，也因工作时间及体力上的关系，不能像在家养病时那样一气呵成的读，只能抽空读一些，是一些，因此思想不能一贯，常常读了后段，忘掉前段。又因限于耳病，不能参加集体讨论，只能独自一人摸索，进步有限。

你婶母也参加工作了。她已离开小儿院，而在中国人民保卫世界和平反对美国侵略委员会昆山支会工作。政府为了我已供给制，要她拿薪给制，照顾好婆的生活，因此，她每月拿廿九个单位②，吃饭住宿她仍在家。

好公仍常在无锡。他老当益壮，工作很有劲，除了原任苏

①好公、好婆，即小叔父彭养正的岳父母。
②一个单位折合旧币5 000元，廿九个单位即为14.5万元旧币。

南生救会①主任外，又受任苏南土改委员会委员。今天星期回家来，想休息一天，碰到本县也开生救与拥优联席会议，又参加了整天。

春阳堂内，我近来不常常去。偶然去一次，他们都要问起你，可见他们也常在关心你的。你业师金先生尤为关怀，他说他要给你写信哩。

我这封信，从下午五时写起，直到现在快打九点了，虽然写写停停，也弄得肩酸颈麻。天气又冷，常常呵手，外面北风凛冽，室内毛巾也冰成硬块。你可知我是在怎样艰难的情况下写的，并且我写成这信，纸也换过好多张，白写的也得几百字。

最后，因为你的部队番号常常更换，我只能接你一信，回你一信，而你每次来信都得把番号写明（不换也要写明）。

再见，祝你

勇敢、康健、一切保重。

你婶母要我附笔问你好。

孙祖培②兄附信一纸。

你的叔父

1951，一月廿一日灯下

家书背景

这是一位叔父写给即将走上战场的侄子的家书，长达三千多字，谆谆万语道不尽恩师的鼓励与教诲，洋洋千言说不完长辈的希望和叮咛。

---

① 生救会，生产自救会的简称。
② 孙祖培，彭正予最要好的小学同学。

186

写信人彭养正，江苏昆山人，新中国成立前在上海澄衷中学担任教师，解放后在昆山县人大工作。收信人彭正予，自幼家境贫寒，少年辍学，到昆山的一家中药店铺当学徒，满师后留在该店当伙计。正是叔父热忱的教导，使他走上了革命的道路。

1949年5月，昆山解放了，千万青年在革命形势的激励下参军、参战。彭正予也决心离开药店，报名参军。但思想上最大的顾虑是妈妈不会同意，因家中还有弟弟和妹妹。他走之后，没钱寄回家了。妈妈和小弟、小妹三人的生活难以维持，怎么办呢？他把决心和顾虑向此叔父诉说，叔父给了他精神上的支持，让他暂时不告诉妈妈，先走人再说。至于家里经济上的困难，由叔父每月代侄子寄钱给妈妈帮助解决。就这样，彭正予才得以离开药店，报名考取了第三野战军第九兵团知识青年训练班。

1950年底，部队向地方有关政府颁发军属证，彭正予的妈妈才完全明白了事实的真相，家中的生活也因得到了政府的优抚而逐渐好转。

1950年轰轰烈烈的抗美援朝战争开始了，彭正予所在的部队奉命开赴东北，他调至团司令部任测绘员。1951年1月15日，彭正予随部队驻在辽

▲ 中国人民政治协商会议第一次赴朝慰问团赠送的慰问品

在坚强中生出勇敢来

宁省通化市，待命入朝时寄给叔父一封信。不久，叔父就给他写了这封长长的回信。

抗美援朝战争期间，彭正予随20军参加了第二、第五次战役。1953年初回国后，被调到20军独立工兵营任指挥排长。转业前任20军高炮团司令部副参谋长，1978年转业到浙江省嘉兴市第二毛纺织厂任基建科科长。1989年退休。

▲ 彭正予与家人难得的欢聚，1956年摄于甪直家园内

188

为了和平我们撤出朝鲜了

1953年7月10日、1955年11月9日 赵绍闻致弟弟赵绍望

为了和平我们撤出朝鲜了

家书原文

弟弟：

　　收到你的信几个钟头就出发了。我们现在三八线，还不是最前线，重机声音可听得到了。看像〔相〕片老了吗？是的，因为胡子总未剃去，又有几年不见面了。经过军中生活，是有些变了。你说要剃了拿着提琴照个像〔相〕，这次行动提琴已压坏了，胡子我怎不想剃去，哈！因为这胡子还不老呀！是吧！现在又不搞对象，要那样年青做什么哩！你已经出校了吧？工厂怎样？这次因为恐怕你的地址变更，没有寄钱给你，都寄家去了，要的话可给父母亲去信。上次寄到家中的底片不知收到没有？比寄给你的可能好些，家中还未给你寄两张吗？有一张拿手风琴的。你的相片什么时候照了寄张来吧。最近又看什么小说吗？到工厂后多

介绍工厂的情形吧。不多谈了，祝你

健康快乐

兄　绍闻　七·十^①

弟：

　　你好！为了和平我们撤出朝鲜了。我们的列车离开朝鲜时，感到留恋，天真的小朋友直到白发苍苍的阿妈尼都捧着鲜花来欢送我们，把我们从车厢上拉下去，抛到空中，我们在月台上尽情的跳起"道那吉""秧歌舞"。列车发出了最后开车讯号，人们的手还是紧紧的握着。列车开动了，看！车厢门窗上插满了鲜花，无数的彩带一头握在我们手中，一头握在他们手中，握着，紧紧的握着，随着车的前进把它拉断了，在手中随风飘飘，直到看不见了。这是朝鲜的礼，这是友谊永不断。在平壤等地，我们互相签字、赠礼、联欢。当车到鸭绿江时，看到祖国，我们多高兴。好久没见了，一切都变了，桥也变了，安东也变了，人的脸也是笑嘻嘻。高大的红色的凯旋门多威武，我们胜利了。但是我们还不能麻痹，我〈们〉应更加提高警惕，以防突然事变。

　　这里已下过小雪了，现在还不算冷。我们对冷已习惯了，同时防寒的条件也充足。你也习惯了吧？我照了个像〔相〕你看怎样？我在朝鲜给你的回信收到了吗？明年真可回家看看了。我们的钱家都收到了解决了困难，还来信感谢哩！不多写了。

　　祝你

愉快

你的哥哥　绍闻
五五·十一·九于祖国

------

① 据邮简正面邮戳可知，此信写于1953年。

191

为了和平我们撤出朝鲜了

家书背景

这是志愿军战士赵绍闻从朝鲜前线写给弟弟赵绍望的两封家书,现藏中国人民大学家书博物馆。

赵绍闻,湖南湘潭人,1932年生,中共党员。早年在家乡读初小、高小、初中和高中,1949年9月在株洲参加46军军干校,后分配在46军后勤部工作。1950年入团,1952年9月入朝参战,1955年10月回国。1963年转业到湘潭市供销社工作。

值得一提的是,其中一封家书为志愿军专用的军邮邮简,信封与信纸为同一张纸,封面书写地址、姓名,封底是对一位志愿军英雄人物的图片和文字介绍,背面书写信的内容。此信自朝鲜寄至武昌,错投武汉大学后又转武汉纺织工业学校,邮路清晰。

第二封家书是赵绍闻随军撤出朝鲜,回到祖国吉林省休整期间写给弟弟的,信中详细描写了撤离朝鲜的过程和感受。

1953年7月27日,战争双方在朝鲜停战协定上签字。至此,历时2年

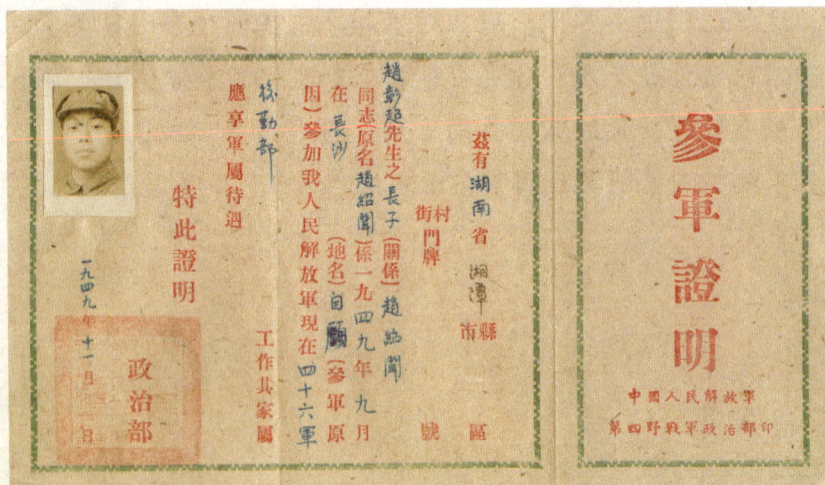

▲ 赵绍闻的参军证明

零9个月的抗美援朝战争结束。停战以后，为了推动朝鲜问题的和平解决和进一步缓和紧张局势，中国人民志愿军在1954年9月到1955年10月的一年多时间内，先后分三批主动从朝鲜撤出19个师的部队。其中，1954年9月16日至10月3日撤出7个师，1955年3月31日至4月20日撤出

▲ 赵绍闻的立功证

6个师，1955年10月10日至26日撤出6个师。这一主动行动，受到朝中人民的一致拥护和国际舆论的普遍赞赏。

1955年10月，赵绍闻所在的第46军第三批撤出朝鲜。他们分别乘坐20多列火车从朝鲜的满浦出境，到中国的集安入境。在到达满浦车站时，部队指战员都走出车厢，排成纵队，着装整齐，佩带中国人民志愿军胸徽，队伍威风凛凛，尽显正义之师、仁义之师、凯旋之师的风采。

▲ 赵绍闻（右）与战友合影，1953年5月摄于朝鲜平安南道甑山郡马山里青龙洞

为了和平 我们撤出朝鲜了

战地情书

1953年7月30日 宋云亮致妻子玉花

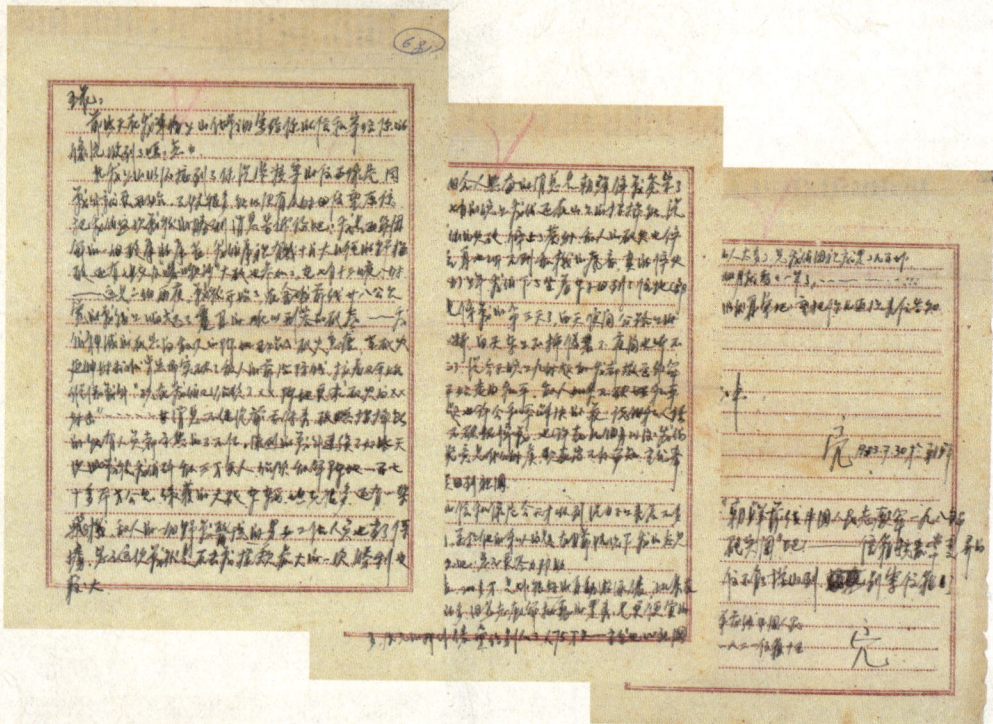

家书原文

玉花：

前些天在我准备上山作战时写给你的信和寄给你的像〔相〕片，收到了吗？念念。

在我上山以后，接到了你从学校寄的信与像〔相〕片，因战斗就要开始，事情很多，所以没有及时回信，望原谅。

把我们这次战役的胜利消息告诉你吧！我是西集团军的一个

炮群的群长！我们群里有几十门大口径的野榴炮①，还有坦克及"喀啾〔秋〕沙〔莎〕②"大炮也参加了。

在七月十三日夜八时——这是一个雨夜，战役③开始了。在金城前线廿八公里宽的战线上，响起了震耳的、难以形容的炮声——我们神威的炮兵向敌人的阵地开始了炮火急袭。在炮火延伸射击之后，步兵即突破了敌人的前沿防线，接着又开始纵深战斗。"现在我们已占领了××阵地，要求炮火向××射击"……等消息不继〔断〕从前面传来。炮兵指挥所的所有人员都高兴的了不得。激烈的战斗连续了好些天。

此次战役，我们歼敌三万余人，占领敌军阵地一百七十多平方公里，缴获的大炮、车辆、坦克很多，还有一架飞机。敌人的一个野战医院的男女工作人员也当了俘虏。

总之，这次战役是反击战规模最大的一次，胜利也较大。

其次的一个令人兴奋的消息是朝鲜停战签字了，也停火了。

七月廿七日的晚上，我们还在山上的指挥所，从下午九时起，我们的火炮停止了发射，敌人的炮火也停止了发射，天空再也听不到敌机的声音，真的停火了！第二天（廿八日）上午，我们下了〈山〉坐着车子回到了住〔驻〕地（邹义里）。今天已是停战的第三天了。白天、夜间，公路上的车辆来往不断。白天车上不插伪装了，夜间也听不到打防空枪了。从今天晚上九时起，敌我都撤出非军事区。现在已开始走向和平。

敌人如果不破坏和平的话，朝鲜问题也许会和平解决的。

---

① 野榴炮，即野战榴弹炮。
② 1939年苏联制成 БМ-13式火箭炮，俗称"喀秋莎"。它装有轨式定向器，可联装16发弹径为132毫米的尾翼式火箭弹，最大射程约8 500米。
③ 战役，即为金城战役。

▲ 朝鲜停战回国后宋云亮与胡玉华合影，摄于1954年

花！说个私人话吧，如果敌人不破坏停战，也许在几个月以后，我们就会团圆的。究竟是什么时候，现在尚不得而知，当然希望是能够早点回到祖国。

志存①给我寄的信和像〔相〕片，今天才收到。从日子上〈算〉来，差不多是两个月的时间。关于他的私人问题，在目前情况下，我的意见是回国以后再说吧！总之，要尽力帮助。

花，我买了表，200多万，是块很好的自动游泳表。如果在祖国买，要贵的多，因为志愿军整批的买来，是更便宜的多。原先的那块表卖给别人了（75万——当然也比祖国便宜），买表的人太多了，光我们团里就买了几百块。

花！再差半个月，就整整一年了，……！！！

以后再写吧！望把你的近况来信告知。

紧紧的握手

亮

1953.7.30于朝鲜

来信寄"朝鲜前线中国人民志愿军一九八师炮兵团"吧——信箱号经常变，弄的信不能按〈时〉收到。别写信箱了，或者寄"朝鲜前线中国人民志愿军战字一八二一信箱十五支队"。　　亮

---

①志存，收信人胡玉华的同学，也是寄信人宋云亮的好友。

写信人宋云亮（1923—1977），陕西临潼人。1938年8月参加八路军。同年到陕北公学学习，12月入延安抗大学习，同月入党。1940年1月从抗大毕业后，到晋察冀三分区一支队政治处任干事，参加了百团大战。后在晋察冀三分区一支三队任副政治指导员。1945年2月入晋察冀军区炮兵训练队学习，同年10月任晋察冀军区炮兵团二营四连政治指导员。1949年任华北军区第66军炮兵团二营营长。1951年任第66军第198师炮兵团代理团长。抗美援朝战争期间，任中国人民志愿军第66军第198师炮兵团团长。1955年被授予中校军衔。

收信人胡玉华，小名玉花。1930年生于河北保定，1948年加入中国共产党。在天津护士学校毕业后，留校当职员。1970年到陕西临潼县文教

▲ 志愿军自己动手抢修悬吊桥，1953年春摄于朝鲜

▲ 朝鲜人民军参观团炮兵组与志愿军（前排右三为宋云亮）合影，1952年6月摄于朝
鲜青石洞

▲ 宋云亮，1953年摄于朝鲜

▲ 宋云亮第二次回国时与胡玉华合影，
1951年4月摄于河北省沧县

局，担任文秘工作。1980年调入西北纺织学院，从事党务、人事等部门的工作。1989年离休。

据胡玉华女士介绍，她和宋云亮的相识颇具传奇色彩。

1946年的秋天，一位解放军指挥员在与国民党军队的战斗中负了伤。那时，胡玉华刚满16岁，正在家乡上学，与乡亲们一起做支前工作。是她和乡亲们救护了这位解放军同志，并为他包扎、医治。当时，这位细心的解放军伤员记下了胡玉华的姓名、住址和学校名。后来，胡玉华才知道，她救的伤员是一位晋察冀野战军炮兵部队的指挥员，名叫宋云亮。

宋云亮伤愈归队后，立即给胡玉华写信，对她和老乡们的救治表示衷心的感谢，同时也热心地鼓励胡玉华努力学习，不断进步。胡玉华收到这封信后，马上回信，表达了对解放军的崇敬之情，并决心学好文化，争取进步。

在解放战争的三年里，宋云亮与胡玉华尺牍频繁，鸿雁往复。随着漫长的书信来往，俩人的感情也日益加深。

1948年7月，宋云亮第一次提出要求两人结婚的问题。在随后的信中，宋云亮对胡玉华的称呼从"亲爱的妹妹"变成了"亲爱的玉花"，而且在信的结尾，都会说上一两句只有情人之间才会有的亲昵话语，如吻你、紧握你的手等。胡玉华被这个感情细腻、乐观开朗的年轻军官所深深吸引。当宋云亮再次提出结婚的请求时，胡玉华终于腼腆地同意了对方的要求。然而至此，这对年轻人一共才见过两次面。

在两个年轻人相互许下婚姻的承诺之后，作为部队党员干部的宋云亮主动向组织汇报了恋爱对象胡玉华的情况。部队对胡玉华进行了组织调查，并通过了对胡玉华的审查。

当时，部队规定的干部的结婚条件是"二八、七、团"，即要求男方28岁、参军7年、团级干部，三个条件缺一不可。

和胡玉华相识的时候，宋云亮24岁，已经是营级干部了。15岁从军的他，军龄也早已达到标准。于是，宋云亮在1949年8月份向组织递交了结婚申请。

1949年9月17日，宋云亮奉命从天津开赴北平，参加开国大典的大阅兵。10月2日，宋云亮回到了部队驻地天津。不久，他的结婚申请得到了组织的正式批准。胡玉华得知消息后，向学校请了假，同母亲一起从保定赶到了天津。1949年10月24日，两人举行了婚礼。

结婚后不久，胡玉华就返回学校，继续完成学业。抗美援朝战争开始，为了保家卫国，1950年10月19日中国人民志愿军跨过鸭绿江，开赴朝鲜战场。此时，身为中国人民志愿军炮兵团长的宋云亮也入朝作战。

就这样，两人一直过着异地分居的日子，感情的维系、思念的传递，就一直依靠那一片片又轻又薄的信纸。

抗美援朝战争初期，战事艰难紧张，宋云亮进入朝鲜5个月来，一封家书都没有捎回。这让在国内焦急等待的胡玉华坐立难安。最艰难的日子熬过去之后，他们的通信总算又恢复了。宋云亮就抓紧战事空闲时间给胡玉华写信。

胡玉华说："在抗美援朝战争的那几年里，我们两个都学会了用写信来表达那种原本生活中已有的、点点滴滴的、浓浓的情意，特别是那种思念之情，不用直说。那种浓郁的情感、那种深沉的爱，我们都把它洒在字里行间，有时候一个字、一句话就能流露出来了。"

到了1953年7月，从宋云亮寄回来的家书中，胡玉华感觉到，在朝鲜的战斗快要结束了。

的确，宋云亮在家书中所描述的那场战役，非同一般，它就是举世闻名的金城战役。1953年7月13日至27日，在朝鲜金城以南地区，中国人民志愿军和朝鲜人民军联合进行了夏季反击作战，这是我军在抗美援朝战争中规模最大的阵地进攻战役。这次战役的胜利，直接促进了朝鲜停战的早日实现。

1953年7月27日上午10时,《朝鲜停战协定》签字仪式在板门店举行。当天,金日成和彭德怀发布命令,命令朝鲜人民军和中国人民志愿军全体人员坚决遵守停战协定,自协定生效后的12小时起,全线完全停火。于是,自1953年7月27日22时起,在朝鲜的一切战斗行动完全停止。[①]

朝鲜战争结束,宋云亮回到国内,终于和胡玉华团圆了。胡玉华陪着宋云亮到了天津,这一对已结婚近四年的夫妻才真正地生活在了一起。

▲ 宋云亮(前排中)与志愿军战友合影,1951年2月摄于安市

---

① 参见《当代中国丛书·抗美援朝战争》,305~333页,北京,中国社会科学出版社,1990。

战地情书

战地中秋月

1953年9月22日 少康致弟弟邵尔钧

尔钧①同志:

你没有来过朝鲜，你知道朝鲜秋天的景象吗?

它是一个收获的季节。山间的田野里一片金黄，大豆生长在密密的高粱林里，谷穗低下头来，像沉睡一样，风是吹不醒它的。它左摇右摆，决不把头抬。金风从山岭上掠下来，吹落了落叶乔木的黄叶，吹得高粱叶沙沙的响，吹到冲积平原上，便翻起一阵金黄的稻浪。苍松翠柏是常年绿的，可是那落叶的乔木、灌木便开始了它凋落的生活。秋，把山染得更美丽，那些不知名林木的叶子变成了五颜六色。有时，你会在一个山的任何一部分看见一片飞红似火，那就是红叶。秋天不只是把一切都吹得一干二净。你可以走上任何一座山上去看，野桃子黄了（这种桃子熟了不红），山葡萄紫了，栗子、胡桃、山丁子、软枣②、酸枣都熟了，你可随便找着吃，山上的野果没有主儿。

你知道朝鲜人民是怎样过中秋节啊〔吗〕?

他们都把碗擦的干干净净（朝鲜大部分用铜碗），在今天做上一顿好吃的。一家老少，有的是一个家族，穿着浆洗很白的衣

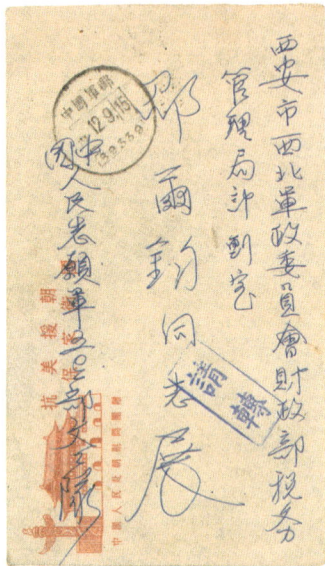

---

① 尔钧，即邵尔钧，少康之弟，1931年生。1948年北平南堂中学初中毕业，1949年3月加入南下工作团，在西安市西北区政务委员会财务委员会计划室工作。1991年3月离休，定居西安。
② 软枣，即野生猕猴桃。

▲ 少康，1950年10月摄于沈阳

服，到山顶上去祖坟前祭奠。这就是以怀不忘的意思吧。痛哭一场以后，便在坟前吃的一干二净。我没有看到他们吃过月饼。有用粟〈籽〉油、豆油摊"弦水"①吃（你在家里也吃过吧！用白面和以瓜丝后，用油煎），在〔再〕吃点麦芽糖，喝点米酒，这就是一般农民的过节生活。这算过节改善伙食吧！你想，这样生活条件苦不苦呢？这要与中国人民过节生活相比，是艰苦的。他们可是很高兴的。一年来，春耕夏锄，在敌机轰炸和破坏下，战胜了一切困难，现要收获了。你可以想一想，他们内心是多高兴。朝鲜是勤劳、勇敢、乐观的民族。他们在抗击世界上头号帝国主义和十四个帮凶国家的侵略，付出多少牺牲和代价，对和平事业有多大供〔贡〕献呢？这就是为什么在停战以后和平民主阵营国家都大公无私的给朝鲜以各种援助的原因。我想，战争停下来，他们会很快的恢复战前的生活而一天天的向上，战争要是打下去，朝鲜人民一定能够取得最后胜利！

你看见过朝鲜的月亮吧？这可是开玩笑。你现在正看月亮〔那〕吗？说起月夜来，在朝鲜几个有意义的月夜记的特别清楚。一九五〇年十月下旬二次战役一开始，我们一连（当时我在一连工

---

① 朝鲜百姓加工食品的一种方法，类似我国北方老百姓摊煎饼的做法，但是做成的食物比煎饼要厚得多。

作），在华阳洞挖阵地，阵地挖在一个山坡的下面，从月亮一上东山就干，给工作上添了多大方便啊！

"好啊！趁着月亮不落，突击出来！""没问题！"大家一致的都响应。挖下一公尺，下面就是泥。一刨一个坑，插进铁锹不摇晃都不出来。过了下〈半夜〉两点，天气变得很冷，地上凝了一层冰霜，一踩，"格格"的发响，棉鞋上沾了不少泥，都冻着〔住〕了。走起路也不平，干一会要用铁锹往下铲。这离战线很近哪！伙房不知

▲ 朝鲜停战后，少康于防空洞前留影，摄于1953年8月

在什么地方，很艰难的送来一顿面片汤。小风像刀子一样，洒在桶边上的面片都冻着〔住〕了。冷啊！穿着棉袄干活热，一休息就要冷。明天就要打响！那〔哪〕还休息啊！干吧！越快越好。天快亮才干完。吃完饭，躺在山坡上就睡了。睡足了，准备晚上狠狠的敲他一顿。可是敌人跑了。追！当然要追！步兵翻山越岭在追，炮兵挂上炮，上公路追！就在这个月夜，我记得很清楚。

"挖工事累我一身汗。他跑了，往那〔哪〕跑！"一个战士打断了碰球①的声音。"跑不过咱的炮弹去！"大家对"追"展开了议论。"中国人民就是有福，赶上打追击仗吧，它就有月亮。""我看还是〈托〉毛主席的福……"一个战士急忙接过来，"什么福不福的，为什么一次战役完了，不紧接着打二次战役？"还没等大

---

① 流行于我军部队中的一种游戏。指战员围成圈，一个人碰另一个人，碰到谁，如果反应不过来就让他表演节目或者讲故事。

家回答，他给下结论似的说："还不是上级的计划，这叫战略。"

在朝鲜这三年的样子，有几个月夜我是忘不掉的。一九五〇年十一月的月夜，是我初经顽强军事劳动的一天，我可没有熊，我跟战士们一样干。你知道，秋天是打仗的好时候，有月亮也是夜战的好时候。一见到月亮，或是〈见〉过仲〔中〕秋节的月亮，都要有些想法。你记得李白有此感触吧！

"窗〔床〕前明月光，疑是地上霜。举首望山月，低头思故乡。"（一般均写为"举首〔头〕望明月"，按，係〔系〕为"山月"之误）

你念过苏东坡那首词吗？（已隔六七年之久，记忆已不全）

"明月几时有？把酒问青天。不知天上宫阙，今夕是何年。我欲乘风归去，又恐琼楼玉宇，〈高处〉不胜寒。"

你说我有什么感触呢？当然，我可以胡乱的写一首诗什么的。在今天的月夜，我还不那样做，它使我回到以往的日子里。

▲ 志愿军文工队小分队演出后合影，摄于1953年4月

天下着细雨，衣服被淋得湿漉漉的，过去是"黄"土满地〈的〉街道，今天都变成黄泥浆。我顺着铁路的路基走下来，沿着田间小路向营房走去。我是革命军人委员会（或叫士兵委员会，每个伙食单位都有这个组织）的经济干事，到合作社去买月饼才回来。月亮上来的时候，同志们都围在月亮底下吃月饼、红柿、梨、花生。队里小同志很多，都没人想家，我当然也不想家。不过，那时候比现在要糊涂的很。那时候，我在乐队吹"黑管"，经常演演戏，是在一九四九年中秋节，在河南许昌。

会完餐，我一边吃着苹果，一边写家信，从山上吹过来的秋风，吹开了楼上的窗子，几乎吹跑我的信。晚上，他们都去跳舞，我和几个人坐在楼上闲谈。那是一九五○年的中秋节，过节没有一个月，我就出国了。

五一年的中秋节，是个很热闹的月夜。部队向前移动，小后方要搬家，我接受搬家任务。这天晚上，坐着汽车跑了一夜。车子经过"谷山"，平原上一段七十公里的开阔地上，飞机封锁的特别历〔厉〕害，敌人的夜航机B25又投弹、又扫射，路炸得坎坷不平，天空上悬挂起几十个照明弹，在〔再〕加上皎洁的月光，地上有一颗针都能看见，公路两旁的高射机枪和高射炮，向天上交织成一片火网。

坐在车上颠簸的坐不稳，但是还抬着已经发酸的脖子看着，总希望看见夜间打落飞机是什么样子，或许是拖着一条红火的尾巴，从天而降……"咔咔咔—咕咕咕"敌人一排机枪打在附近，汤姆弹在地面上爆炸了，闪出兰〔蓝〕色火花。〈我〉告诉司机："把紧舵轮，快跑，可能发现咱车子啦！"那阵可没想家或是怕死，总是想快跑过封锁线，胜利完成任务！

一九五二年的中秋节，比起以往的日子更有意思。我正随部

▲ 志愿军欢迎祖国慰问团，少康（中立者）领呼口号，摄于1952年10月

队参加一次反击战。月亮还〈没〉有上山时，我同一个同志野地里割荒草，敌人〈的〉冷炮在附近不住〈地〉落。进入阵地已经四天了。连夜挖阵地，白天便伪装起来，到山上去砍木料，晚上在〔再〕从山上拉下来盖阵地，都对月亮感觉兴趣呢！不然摸瞎干活更慢了。困哪！已经三天四夜没睡了，在干活休息十分钟的时间，就有睡着的危险。再努最后一把劲，割些草，铺在靠上〔山〕崖的单人掩体内，好睡觉。吃月饼吃梨，吃苹果吧，不然怎么打胜仗啊！真是的，月亮照在静静的阵地上空，这是激战前夕恐怖的寂静，除去偶而〔尔〕的冷枪冷炮、敌人夜航机的声音以外什么也听不到。眼睛像塞满什么东西是〔似〕的，眼珠都不灵活了，胀得发痛，勉强的记了日记，倒头便睡。

现在我做什么？正在窗前给你写信。

五个年头过的多么快，不知道明年的中秋节在什么地方来回忆今天的，是怎么样的活着〈的〉。

你的恋爱成功没有？家里有些不同意吗？我是这样想："只

要对方思想进步，身体健康就可以，不要听信家庭的话，什么民族问题啦！提起民族问题来，我给你推荐一篇文章看一看，原载〈于〉一九五三年六月十二日《人民日报》，唐振宗写的《纪念〈马克思主义与民族问题〉发表十四周年》。你看看党的民族政策，我们伟大祖国是一个多民族的国家的大家庭，希望你看一看，即〈使〉是恋爱问题和这也有关。你有不明白地方，可以来信研究。

尔恒兄①我日前去一信，始终没见回信，情况你了解否？

我给尚大爷、李瑞龄②老师去师〔信〕，均已回信。惟〔唯〕香烛店李酉山③老先生没回信。

你所要的像〔相〕片（1950，在沈阳照的）底版我已找出，俟不日归国后，洗好为你寄去。

我身心均健康，勿念。

祝幸福

致军礼

邵　兀④

于朝鲜成川郡玉井里

癸巳仲秋

1953.9.22

信手写来，草率之至，请见谅！

---

① 尔恒兄，少康的堂兄，居住在北京。
② 李瑞龄，号鹤筹，别号松湖，系湖社画会天津分会会员，花鸟画家，新中国成立后在北京琉璃厂荣宝斋任画师，后到天津美术学院任教授、花鸟系主任。少康1942至1945年拜其为师学画三年。
③ 李酉山，系少康家邻居。
④ 邵兀，即少康。

家书背景

　　家书作者邵尔谦，后来改叫少康、邵亢，1929年生于北京。1948年7月从北平市立第七中学高中毕业，12月从北平教育部师资训练所肄业。1949年3月自愿参军入伍，在第四野战军特种兵炮兵第二师文工队任队员、演员、乐手、创作员。1950年10月入朝作战，1953年10月归国。

　　少康入朝后，他的大弟弟邵尔钧在西北地区工作。当时，志愿军被人们称作"最可爱的人"，备受崇敬，所以邵尔钧就把哥哥寄去的书信都保存了起来。虽然邵尔钧的工作足迹踏遍西北数省，又历经各次政治运动，但这批家书却得以保存，丝毫无损。直到2002年9月，邵尔钧终于托可靠的朋友将家书由西安带到天津送到哥哥的手里。2005年，抢救民间家书项目启动后，少康把这批珍贵的家书捐赠了出来，现分别收藏于中国人民大学家书博物馆和国家博物馆。

▲ 少康（右）与战友合影

志愿军入朝作战之初，出于保密，按照总部的要求，不许官兵们携带有中国文字的书籍、笔记本、书信，所以，最初半年无法给家里写信，以至于家中不知少康去了何处，同时他也收不到家中的来信。据家人后来告诉少康，因为想念他，过年时母亲单独盛一盘饺子，放到小屋的桌子上，再摆上一个小碟、一双筷子，在他的照片前燃起三炷香，表示心意。家里人觉得他生死未卜而心悬两地。

少康说，等到我军进行了五次战役，战局逐渐稳定下来，他们才有时间写信。当时，为了保密，信中不能谈战争情况。实际上，在一、二、三、四、五次战役后，他们又进行了1951年秋季反击战、1952年上甘岭战役、1953年金城反击战等，停战后才回国。

在抗美援朝的战场上，尽管环境非常艰苦，但志愿军战士仍充满了革命豪气和乐观主义精神。少康主要从事文艺工作，想方设法编排节目，为前线的战友们送上精神食粮。从家书中也可以看出，面对流血和牺牲，他们更加珍爱生命。在他们的眼中，阵地上的一草一木，都是美丽的风景。松鼠等富有生命力的小动物，更是他们亲爱的朋友。在紧张的战斗间隙，他们更加想念祖国，思念亲人，所以才有少康详细记述连续五年在战地过中秋节的情形。

少康的战友李亦文同志在《难忘的战地中秋节》一文中写道，朝鲜的节日也同中国一样，他们也把中秋节作为一年中的大节来过。农历八月十五日的那天下午，有十几位朝鲜老乡带着自己用木榔头捣出来的糍粑，来到他们团部驻地进行节日慰问，其中一位阿爸基（老大爷）见到我们引吭高歌中国歌曲："你是灯塔，照耀着黎明前的海洋，你是舵手，掌握着航行的方向，伟大的中国共产党，你就是核心，你就是力量，我们永远跟着你走……人类一定解放。"他老人家虽然年逾花甲，由于战争的困扰、生活的磨难，身体比较瘦弱，但精神颇佳，唱的声调十分洪亮，受到同志们的赞扬。还有一位年轻姑娘，身着一件用降落伞的尼龙绸做的白色

战地中秋月

上衣，仪表俊秀，很引人注目。在战场上见到长头发的都不容易，何况如此靓丽的女子？更令人钦佩的是，她有一副美丽的歌喉，当那位老大爷唱完了歌颂中国共产党的歌子以后，她双手交叉在胸前学着歌星的模样唱起了"二呀吗二郎山，高呀吗高万丈，枯树荒草遍山野，巨石满山岗，羊肠小道难行走，康藏交通被它挡……"。在场的志愿军利还是第一次听到这支赞扬祖国筑路大军的歌曲，她的吐词虽然不很准确清晰，但让人感到非常亲切，于是受到一遍又一遍的欢迎，姑娘也一遍又一遍兴致勃勃地唱给大家听。①

▲ 少康在家乡与父母兄弟姐妹合影，摄于 1958 年 4 月

① 参见李宝春　杨麦龙主编：《血与火的战斗洗礼——志愿军小战士回忆录》，郑州，河南大学出版社，2002。

我家是光荣的革命家庭

1953年11月24日 李仕招致女儿罗龙昭

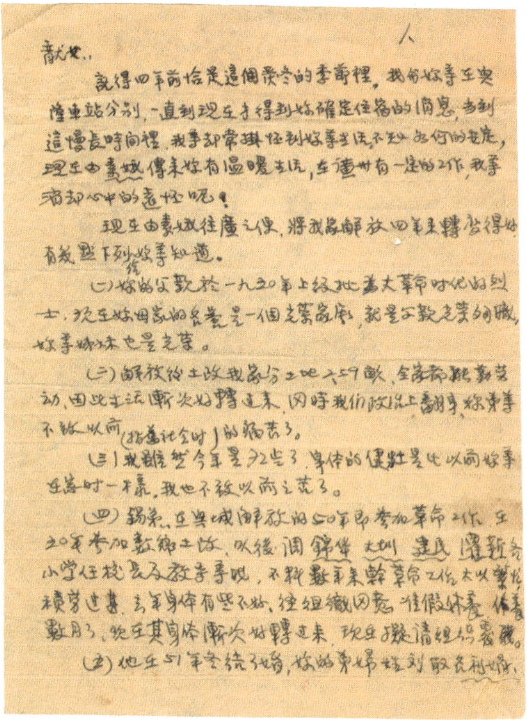

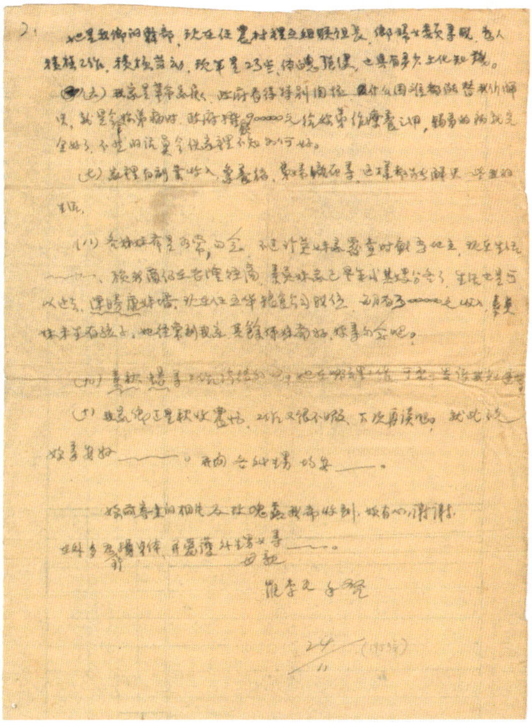

家书原文

龙女：

　　记得四年前恰是这个严冬的季节里，我与你等在兴隆车站分别，一直到现在才得到你确定住宿的消息，当到这漫长时间里，我等却常挂怀到你等生活，不知如何的安定，现在由素娥传来你有温暖生活，在广州有一定的工作，我等消却心中的远怀呢！

我家是光荣的革命家庭

▲ 李仕招，1961 年摄于广州

▲ 罗龙昭与女儿陈素秋，1974 年摄于北京

现在由素娥往广之便，将我家解放四年来转变得好，有几点下列给你等知道。

（一）你的父亲于一九五〇年〈被〉上级批为大革命时代的烈士，现在你母家的名誉是一个光荣家属，就是父亲光荣殉职，你等姊妹也是光荣。

（二）解放后，土改我家分土地2.59亩，全家都能勤劳动，因此生活渐次好转过来，同时我们政治上翻身，你弟等不致以前（指旧社会时）的痛苦了。

（三）我虽然今年是72岁了，身体的健壮是比以前你等在家时一样，我也不致以前之苦了。

（四）锡弟，在兴城解放的50年即参加革命工作，在五〇年参加数乡土改，以后调锦华、大圳、建民、灌新各小学任校长及教导主任等职，不料数年来干革命工作太以繁忙，积劳过甚，去年身体有些不好，经组织同意准家休养，休养数月了，现在其身体渐次好转过来，现在申请组织复职。

（五）他在51年冬结了婚，你的弟妇姓刘取名利娟，她是我乡的干部，现在任农村里互组联组长、乡妇女委员等职，为人积极工作，积极劳动，现年是23岁，体魄强健，也具有多少文化知识。

（六）我家是革命家庭，政府看待特别关怀，什么困难都能替我们解决，就是今年你弟病时，政府拨款900 000元①给你弟作疗养之用，锡弟的病就完全好了，不然的话，真会使家里不知如何好。

（七）家里有副业收入，像养猪，弟妇织布等，这样都能解决一些我的生活。

（八）各姊妹都是如常，勿念，不过珍英妹家复查时划为地主，现在生活……，赖新兰仍在老隆经商，素英妹家已早年与其嫂分各了，生活也是可以过去，陈胜康妹婿，现在任五华粮食公司职位，每月有了300 000元收入，素英妹未生有孩子。她经常到我家，其余姊妹都好，你等勿念吧。

（九）素秋、畅等工作谅很好吧？她在哪里工作，可否告诉我知道吧？

（十）我家乡正是秋收农忙、工作又很不暇，下次再谈吧。就此祝你等安好，并问各外甥均安。

你前寄来的相片及玫瑰露我都收到，你有心，谢谢。在外多为珍摄身体，并爱护外甥女等。

母　亲
罗李氏　手启
24/11（1953年）

---

① 旧币，1万元等于中国人民银行1955年3月1日起发行的新人民币1元，下同。

家书背景

　　这是一位名叫李仕招的母亲写给女儿罗龙昭的唯一一封家书，是分别近4年后又联系上所写的家书。李仕招不识字，此信是请人代笔写的，信中透露出一个烈士家庭在革命胜利后的喜悦。

　　李仕招的丈夫叫罗新发，广东兴宁人，大革命时期参加中国共产党。他是一位裁缝，为了党的工作以游走裁缝的身份作掩护，在粤、赣间活动。1929年底，由于叛徒出卖而遭逮捕和杀害，1950年被认定为烈士。丈夫遇害时，李仕招已有身孕，次年生下一个女儿。李仕招孤儿寡母经历近20年的被人歧视和艰难困苦，直到1949年5月兴宁和平解放后才翻身做了主人。她热爱新中国、新生活，认为丈夫的血没有白流，为自己是革命家庭而自豪。

　　1954年，罗龙昭赴京照料离开自己6年的女儿陈素秋。有一天，她拿出这封信给女儿看，并让女儿收藏好，作为纪念。多年来，陈素秋一直精心保存着这封珍贵的家书，直到2006年，她看到了国家博物馆等单位正在进行抢救民间家书的活动，就把这封家书捐赠给了活动组委会，现藏于中国人民大学家书博物馆。

▲ 李仕招（左）与女儿罗龙昭，1961年摄于广州

咱家不能落后于别人

家书原文

父亲大人：

　　去年十二月十三日你的来信，于本月廿四日我收到了，信内一切敬悉。未及时给你来信，原因是等棉衣收到后，才给你来信，所以等候现在。

　　棉衣是今年，一九五五年一月三日收到的，近三天来因开会学习时间很紧张，无空将信写好，今晚抽出时间，给你写了信，敬告你先〔知〕道，请勿念吧。

你信谈到咱们卖给国家余粮七百斤，这是应当的。国家正在建设之际，特别是重工业建设需要更多的资金和粮食供应，解决工厂工人和国家军队的需要，起到一定的保证。加上解放台湾就更需要了。现在这样作，今后更应该继续积极作下去，对个人有利，对国家有利。

又谈道〔到〕地土入了社啦，下年有好处。你这话说的很对，今后农民所走的光明道路只有参加农业合作社，增加生产，多打粮食，增加收入，改善生活，才是长远幸福生活的美满社会。所以以后在农业生产方面集体劳动、克服保守和狭隘思想，提高社会主义和爱国主义思想。

不但自己这样做，更应该起些带头作用，因为咱家有参加国

▲ 李振华（后排左一）参加税收座谈会留影，摄于1951年8月

家工作的人，因此不能落后如〔于〕别人。要告诉发则、狮则、岱海、小存、登云等提高觉悟，很快参加合作社，是最好的。不要有其他怀疑等等不正确语论，说话要合乎社会前进的要求，响应国家一切号召才是对的。

大人年老，请注意保养身体，少生闭〔闲〕气。看不惯的事，想开些。新社会的许多事情和旧社会有些不同，自己看不惯，主要是封建思想在作怪，下决心去克服，增加新社会的因素。

近来我们在外各方都好。你的三个孙子吃的好，很活泼，请不要惦念。

代问前后院和东院老少人等均安，并祝你身体健康，精神愉快。等成都至宝鸡铁路在一二年通了车，来成都看看。

致以

敬礼

儿　李振华

55年1.7

我在家盖的那床棉被子，给我六叔父盖了吧，以后我还你，怕他冬天冷。

家书背景

这封家书是在四川省高级人民法院工作的李振华，收到父亲从山西老家的来信后写的一封回信。当时正值国家实行农业集体化政策，号召农民加入农业合作社。老人是从旧社会走过来的，对有些事情看不惯、想不通，李振华在信中开导他，并劝家里人提高觉悟，积极进步。

李振华（1909—1988），山西长治人。1937年6月参加中共领导的"牺牲救国同盟会"，1938年2月参加八路军，同年12月加入中国共产党。从

咱家不能落后于别人

一名战士、文书、司务长、会计、供给员、粮秣股长、供给主任、军械股长，成长为中国人民解放军60军第178师司令部管理科科长。经历了豫北战役、临汾战役、晋中战役、太原战役、豫西剿匪、扶眉战役、秦岭战役、成都战役、川西剿匪等战役，万里征战入川。1950年4月至1953年5月先后在四川省广汉县、绵竹县和什邡县分别担任税务局局长、县长。1953年6月至1954年10月在北京中央政法干部学校学习。1954年11月任四川省高级人民法院民事庭副庭长。1955年3月调任自贡市中级人民法院院长。1956年9月赴重庆中央第七中级党校学习一年。1958年8月被打成右派。1979年3月平反，恢复政治名誉，恢复党籍，恢复原工资级别。1981年当选自贡市政协委员。

1979年，李振华在平反后的感想中写道："我为我们党坚持和发展实事求是的优良传统作风的伟大魄力而欢欣鼓舞，标志着我们党是生气勃勃

欢送李县长离什邡县留念 1953.5.23.

▲ 李振华（前排中）与同事合影

的、光明发达的党。我作为一个长期受到党的培养教育的党员，对于党的革命事业，我有献出生命的义务……虽然我年近七十，但我还活着，身体还好，还能做一些事。我要在党中央领导下，为实现四个现代化贡献力量。过去虚度了二十年，我誓将自己有限之年弥补虚度的时光，直至自己生命的最后一息。共产党人的晚节必须保持，希领导理解我的心情，接受我要工作的要求。"

李振华在给女儿李自英的家书中写道："爸爸的性格脾气你是知道的，不欺上压下，当面说什么，背面还是

▲ 李振华全家福，1956年摄于自贡

说什么，心直嘴快，直来直去，说老实话，坚持真理。如在市政法党组研究重大案件时，法院与公安局有分歧（这是1956年下半年的）。公安局申诉一个重大案件，被告四人（三男一女）杀害了一个20多岁的妇女，被告四人让法院判死刑二人，判十年以上有期徒刑二人。经法院在法庭审问被告四人，有时承认，有时不承认，因口供和旁证不符合，证据材料不足，希公安局补充材料，人家不干，在会上当面就争论起来。结果法院查明，被告四人不是杀人凶手，经党组研究决定无罪释放，善后工作由公安局负责处理。像这样的事情还有，在会议上有时给领导提点意见和工作中对问题有时有分歧，这都是正常的现象。"①

---

① 李自英：《在父亲的字里行间学会做人》，载《红色家书背后的故事》，211～216页，北京，人民出版社，2011。

咱家不能落后于别人

做一个忠实的布尔什维克

1959年4月5日 张凤九致哥哥张伶九

家书原文

龄九胞兄如面：

您好？全家也好？

今天我接到两封信，有您一封，有大哥一封，我很高兴。说真的，自从春节分别后接到家中、您那儿、兴隆等地的来信实在不多，特别大哥一直到今天才回信，我快急坏了。今天接到你们来信，我这心里也豁亮些，知道了各地情况。（像〔相〕片收到了。）

在没写上面话以前，弟应该先给你道喜，几年的政治生命解决了，这是不容易获得的光荣。获得这些，是从工作实际、思想表现，以致〔至〕对党忠实等争取的，当然我们应当共同高兴，并且我要祝贺您要在不久的时间真正迈到党的门里，作一个忠实的布尔什维克。没别的，为了您的光荣，为了党增添了血液，为了我们弟兄永远为共产主义事业献身，我要向您祝贺，祝贺礼是给着邮局寄去款贰拾圆。其意义，除向您祝贺，也是为对生活的补助和为了孩子们读书。请您查收。并回信。

我这次给北京宝盛旅馆写信叫他们交给您。这封信里我特别多的提到您如何争取政治生活问题，可惜您没接到。这次您来信谈已经解决了，因此，弟为之高兴。

大哥给您那儿去信不多，先把大哥给我的来信转给您，也等于了解了家中情况。

我的工作很好，几次去信都告诉您了，可能已经知道的不少了。还有一件事大概没和您说，自春节回来以后，我的文化学习在省直干校报了名，参加初中历史和高中语文两班学习，上课的时间是礼拜2、4晚上学历史，礼拜3晚上和礼拜日学语文，很好。

▲ 张凤九（前排右二）与兴隆县委办公室的同事们合影，摄于1960年9月6日

做一个忠实的布尔什维克

学习越紧张，我感觉越起劲，一定争取攻文化关。这两天我还有一个新的打算：初中历史再有一个来月可以学完，这样初中我就毕业了。剩下除了学习高中语文以外，还想报名学学外文（俄文），不过这个我还没到干校打听，我是准备这样作。最近一个月里还实现不了，因为历史没学完，突击三门是吃不消的。

上次信可能没说清，不是卖手表，还是那块怀表，因为太老了，人家都不要，如果遇上茬就卖了。上次我由天津买去的闹表走的怎样？如果不准可捎天津修理。

再谈吧，经常通点信，可以互相了解情况。

祝您和全家安康。

三弟凤九　草
59.4.5

▲ 张凤九（后排左一）、张伶九（后排左三）与家人合影，摄于1958年春节

　　1959年3月张伶九光荣地加入了中国共产党，成为一名预备党员。当他把这一喜讯写信告诉弟弟张凤九后，弟弟给他回了上面这封信。加入党组织是他们兄弟长期的追求，凤九新中国成立前参军，新中国成立后不久就入了党。张伶九说，看完信后他万分激动，更加努力工作，以党的标准严格要求自己，在艰苦年代经受住了考验，于1960年3月如期转正，成为一名正式党员。

　　张伶九于1952年参加工作，参与创办信用合作社。经一年多努力，到1953年末就参加了东北局召开的信用工作经验交流会，并在大会上发言，介绍了创办信用工作合作社的经验。1954至1955年热河省[①]供销总社召开奖模大会，张伶九所在的滦平街信用部被评为全省的一面旗帜。他被评为先进工作者，事迹刊登在热河省《群众日报》《东北日报》《东北新农村》杂志，还被收入《热河省信用合作参考资料》《热河省首届信用合作代表大会会刊》以及中国财政金融出版社出版的《农村信用合

▲ 张伶九、张凤九陪母亲游北京，摄于1962年6月

---

① 原东北四省之一，简称热，省会承德市，是中国旧行政区划的省份之一，1914年1月划出，1955年7月29日撤销。辖区分布在现内蒙古自治区、河北省、辽宁省。

做一个忠实的布尔什维克

作讲话》等书。《农村信用合作讲话》中提到信用组织有三种形式：信用社、供销社信用部和信用小组，其中第十讲专讲信用部，说全国共成立信用部3 232个，每个部平均放款4 700元，而滦平街信用部一年多放款30 437元，成为全国典型。

　　家书作者张凤九于1948年参军，1952年2月29日入党，先后到赤峰、承德、兴隆工作。他曾任省供销处总会计、兴隆县社财务科长、县政府办公室秘书、县政策研究室主任、地区社队企业局办公室主任、县社系统工会主席等，先后多次被省、地、县及所在系统授予先进工作者、优秀共产党员、优秀工会干部等称号。

　　离退休之前，他们兄弟二人都搞工会工作。张凤九在兴隆县供销社担任系统工会主席，张伶九在滦平县农行担任系统工会主席，均被评为优秀工会干部和工会积极分子。1990年河北总工会表彰全省基层工会和优秀工会干部，兄弟二人的名字同时被刊登在《河北工人日报》上，并被印在同一本光荣册上。

　　2015年七一前夕，中央新影把他们兄弟俩的事迹拍摄成了纪录片《红色家书》之《兄弟情深》，在中央电视台《探索·发现》栏目播出。

▲ 张伶九八十大寿全家福

一位"四清"干部的教子书

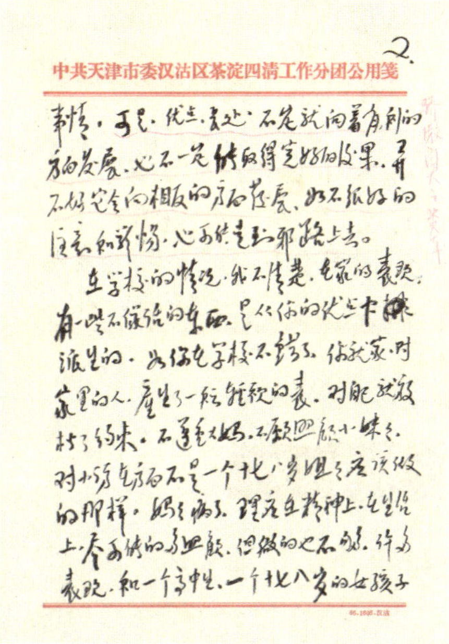

1964年4月15日 张风玄致女儿张新秋

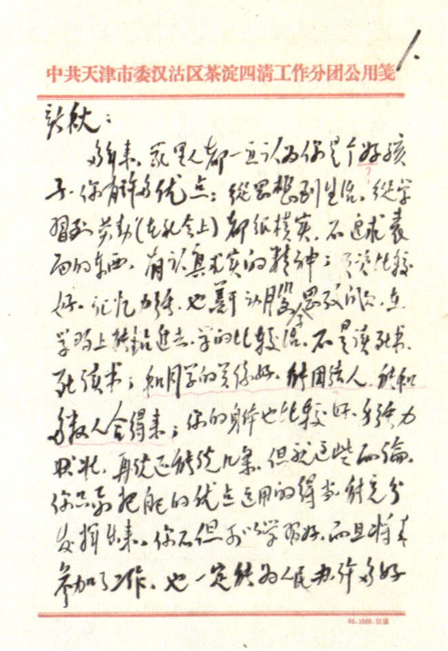

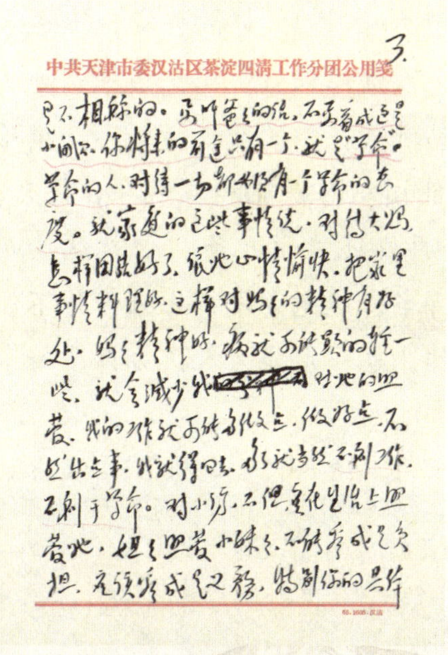

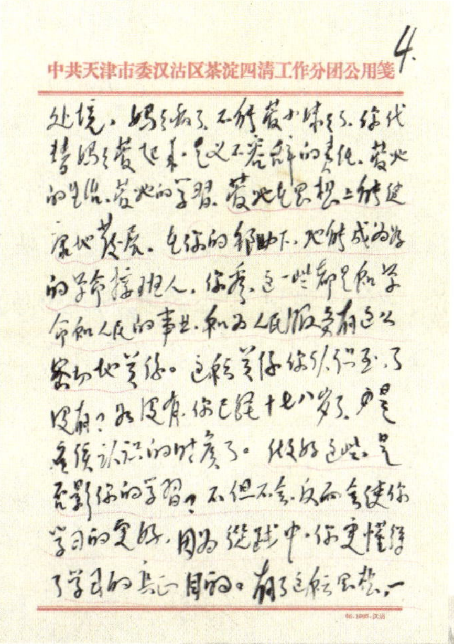

家书原文

新秋①:

多年来，家里人都一直认为你是个好孩子，你有许多优点：从思想到生活，从学习到劳动（在社会上），都很朴实，不追求表面的东西，有认真求实的精神；天资比较好，记忆力强，也善于动脑子思考问题，在学习上能钻进去，学的比较活，不是读死书，死读书；和同学的关系好，能团结人，能和多数人合得来；你的身体也比较好，身强力壮。再说还能说几条，但就这些而论，你只要把自己的优点运用的得当，能充分发挥出来，你不但可以学习好，而且将来参加了工作，也一定能为人民办许多好事

① 新秋，即张新秋，家书作者张凤玄的长女，1948年8月14日出生于河北省威县，在北京上小学，后在天津市女一中学习。1969年下乡。1972年进入天津教师进修学院学习，毕业后在天津市第32中学任教，2004年退休。

情。可是，优点、长处不〈一〉定就向着有利的方向发展，也不一定能取得完好的后〔结〕果，弄不好它会向相反的方向发展，如不很好的注意和警惕，也可能走到邪路上去。

在学校的情况，我不清楚。在家的表现，有一些不像话的东西，是从你的优点中派生的。如你在学校不错了，你就对家里的人，产生了一种轻视的表〈现〉，对自己就放松了约束。不尊重大妈①，不愿照顾小妹妹，对小访②在〈某些〉方面不是一个十七八岁姐姐应该做的那样。妈妈病了，理应在精神上、在生活上，尽可能的多照顾，但做的也不够。许多表现，和一个高中生、一个十七八岁的女孩子是不相称的。

要听爸爸的话，不要看成这是小问题。你将来的前途只有一个，就是"革命"。革命的人，对待一切都必须有一个革命的态度。就家庭的这些事情说，对待大妈，怎样团结好了，让她心情愉快。把家里事情料理好，这样对妈妈的精神有好处。妈妈精神好，病就可能显的轻一些，就会减少〈我〉对她的照管，我的工作就可能多做点，做好点。不然，出点事，我就得回去，多了就当然不利〈于〉工作，不利于革命。

对小访，不但应在生活上照管她，姐姐照管小妹妹，不能看成是负担，应该看成是义务。特别〈是〉你的具体处境，妈妈病了，不能管小妹妹了，你代替妈妈管起来，是义不容辞的责任。管她的生活、管她的学习、管她在思想上能健康地发展。在你的帮助下，她能成为好的革命接班人。你看，这一些都是和革命和人民〈有关〉的事业，和为人民服务有这么密切的关系。这种关系你认识到了没有？如没有，你已经十七八岁了，是应该认识的

---

① 大妈，当时写信人家里的保姆。
② 小访，家书作者张凤玄的二女儿，张新秋的妹妹张访秋。

▲ 张风玄（前排左一）、张菱君（前排中）与战友合影，
摄于1947年

时候了。做好这些，是否影响你的学习？不但不会，反而会使你学习的更好，因为从〈实〉践中，你更懂得了学习的真正目的。有了这种思想，一切都会安排好的，所以，首先在思想上先解决这个问题。对

家务劳动，应该也同样的看成是一种革命锻炼。在思想上建立家庭劳动感情。只要有了正确的认识，正确的感情，工夫、时间，你自己会找出来。

好好念高中，准备毕业后考大学，我考虑这个问题不是从自私自利方面想的，并不是我们"家"缺一个大学生，要由你补上。念不念大学，对家没有什么关系，丝毫不需要你光荣〔宗〕耀祖。……这样想，就正确了，念书的劲头也就大了。当然，国〈家〉需要干别的，我们还是服从国家需要。爸爸妈妈都没有把你看成是我们的财产，我想的会比你想〈得〉更周到，因为你还很小。

你要特别关系〔心〕你妈妈的病，牺牲两节课，送妈妈看看门诊是可以的，不会影响你多少学习。

爸爸
4.15.①

---

① 此信写于1964年。

张风玄（1917—1992），河北省威县人。1937年参加八路军，加入中国共产党，曾任八路军第四军分区二营营长兼教导员、河北广曲抗日政府三区区长。1949年来到北京，从事新北京城市建设工作。1958年由国家经委调至天津针织厂任厂长。后历任天津市河东区区长、天津工艺美术学院院长等职。1982年离休，任天津市交通局顾问。

张风玄耿直刚烈，疾恶如仇，廉洁公正。他对家庭有着极强的责任心，深爱着自己的妻子和孩子。他在《遗书》中嘱托"不向遗体告别，不送花圈，不惊动亲友及交往颇深的老同志"，把自己的骨灰"和前妻张菱君的骨灰一起撒在现在邢台地区威广一带"，那是他们在战争年代工作过的地方。

▲ 张风玄（后排左起站立者）、张菱君（张风玄左侧坐者）在邯郸和战友们合影，摄于新中国成立前夕

一位"四清"干部的教子书

▲ 张风玄和女儿张新秋，摄于1953年

▲ 张风玄夫妇和女儿张新秋，摄于1953年

多年来，女儿张新秋保存着父亲写给她的五封家书，此处所选的是其中的一封。她说："父亲虽离我们而去，但他留给我的家书却永远是鞭策、激励我成长的座右铭。如今，我也年过半百，退休在家了。经过这半个世纪的风风雨雨，我真切地体会到了父亲世界观、人生观、价值观的正确性。如今，我常常以父亲的精神和思想教育我的儿女，告诫他们要成为有理想、有追求、有责任心、有奋斗精神的人，要襟怀坦白、无私无畏，要热爱生活、健康活泼，成为对社会、对国家和人民有用的人。"[1]

---

① 张新秋：《一位父亲给17岁女儿的赠言》，载《红色家书》，224页，北京，中国画报出版社，2006。

争气的好儿

1990年3月31日、1992年9月10日 父母致儿子李谦

家书原文

儿：

今天上午我盼望心切的来音收到了。自你走后，我和妈妈想得你太厉害了。你走的第二天妈妈就做了一个梦，梦见你回家探家。又过几天，我也梦见了你。最近几天，又打听到一些人先后写信回家，所以我们太想念你了。今天我在邮电所收到你的来信，即刻回家告诉妈妈，读后热泪盈盈，太激动了。先后，郑十房、大奇、大姑、后细爷、细奶、细爹①都来看信。近几天，一些姑爹都来探望〈看〉你的来信，今天我们大家看到你的来信，甚为高兴。

儿，从你的来信中，略知一些基本情况，得知目前生活较苦，军纪严明，人生地不熟，确有不适应、不习惯等等一些情况。所有这些，今天细爹讲，都是正常现象，那年他还没有你这么好，连饭都吃不饱。在新兵连里，这个苦，我们都是预料之中〈的〉。

儿，我和妈妈细读你的来信，觉得你能反映出一些情况和面临的问题，感到既难过又放心。难过的是，你一人在那里，又吃那种从未吃过的苦，这是我们作父母所不能关心的；同时又感到放心，觉得你能认识一些问题，并反映存在的困难，说明了是你进步、成长的开始。因为你刚刚从怀抱中解放出来，从未远离家乡，接触社会，所以希望你把你所认识的一些问题，和存在的困难及情况，当作锻炼你的基本功，为你接触社会、了解社会、认识社会作为前进的思路。

儿，海阔凭鱼跃，天高任鸟飞。年轻人必须经风雨，见世

---

① 细爹，指收信人李谦的叔叔。

面，在大风大浪里锻炼成长。你现在这么年轻，能有这样的机遇，这是你一生的最大的光荣和幸福，望你珍惜这美好的时光，刻苦磨练〔炼〕自己。

儿，古人说得好："梅花香自苦寒来"，"要知甜中甜，必知苦中苦"。你应知道，目前部队生活为什么那么苦，这是因为：第一，有意磨练〔炼〕新兵意志，应准备吃苦；第二，因为部队还没有正式编入连队，只靠临时有限的生活补助费去支付；再是军纪严明，这是对待一个军人起码的要求，没有铁的纪律，军队无法打胜仗。同时，首长对你们那么严格，这是对你们的爱护，也是培养你们做军人的性格，等等。军队和地方有许多不同，但最突出的是〈以〉统一、服从为天职。

儿，关于怎么处理人与人的关系上，这一点你在学校也有一些社交经验，但在部队有些情况不同。但是要想接触一个人，首先必须了解一个人的性格。内向，在条件成熟选择适应的机会，例如，工作机会、玩乐机会、下班机会等。总之，要注意他顺心、高兴之时，才是良机，适应谈心。许多情况千变万化，要因人、因事、因地、因时，灵活机动，千万不要

▲ 李谦（右）与父亲，摄于1990年

争气的好儿

▲ 李谦在河北昌黎空军第四训练基地执行任务期间的休闲照

顾虑重重、束缚手脚。

总之，你目前应该是：第一，要大胆，不要畏手畏脚；第二，要心细，不要粗知〔心〕大意；第三，要负责，不马马虎虎；第四，要吃苦，不要消及〔极〕悲观。同时，希望你必须预〔具〕备自尊、自重、自强、自信的勇气，逐步培养独立生活的能力。现在你基本备有高中的文化知识，又备有基本的社会生活体验，同时也备有对事物辩证的正反两方面的分析能力，我觉得你基本能适应一些社会生活和社会实践（更主要的是一些关键应变能力），所以，我对你这次应征是基本放心的。在你过去一年之中，我为什么对你那么严格，目的也是培养你的自尊心，迫使你将来走向社会树立坚定的信心和必胜的信念。

儿，在关于分配工种问题上，你也不要过于计较。当然，我们在主观愿望上都希望分到一个比较满意的工种，但在客观上也要作好准备，万一不如意，也不要灰心丧气。外因是条件，内因是变化的根本。条件越是艰苦，越能锻炼人。因为许多事情是逼出来的，况且你还有比别人优胜一点：解决了粮食问题。当然，不希望你度〔镀〕金，更希望你奋发努力。因为等待的是你需要更高的文化、更多的知识，所以，希你借有限之年，补学文化知识。现在你知道，在外面多么需要文化和知识。这一点，相信你现在清醒认识到了。夏明弟①为什么生活能那么自如？正因为他备有单独生活能力，在外面见识多，过去几年，他曾去广州、上海等地。所以为了你成才，很需要在外面锻炼，同时也是你目前唯一生活出路。

儿，现在爸爸、妈妈不能在你身边，许多事情全靠你的努力，但是最关心惦念的是身体第一。目前生活不习惯，但不要饿肚子，不喜欢吃的，千万不要浪费、乱丢，以免造成不好的印象，也不要随便说一些不好听的话或发脾气。

关于周任生②、夏明弟所编的连队，我在这里力争弄清，但不知新兵连时间有多久。你在那里也多方打听一下，可能目前新兵连里难以打听，如找到周任生，叫他写信或想什么办法与他细爸取得联系，但也不要寄托很大希望。

红兵儿，要说的爸爸都说了，不必重复，对于目前部队生活条件差、不习惯，只有你自己保重自己。在休息时间到店里买点零食吃，不要饿肚子；在天气冷时，要多穿点衣服，不要冷坏身子。需要钱和其他东西，写信回来告知。
祝你多多保重身体为好！

母亲　字

儿：以上是爸爸、妈妈的心声，就此留笔，一切不必挂欠〔牵〕，看见了信，等于看见人。

父　字
1990.3.31.10点

---

①夏明弟，收信人李谦同父异母的弟弟。
②周任生，与李谦一起入伍的同乡战友。

争气的好儿

争气的好儿:

当我们全家收到你的极不平凡的喜讯,心情是何等的激动,满眶热泪,心潮起伏,久久不能平静……

当年的希望,如今变成了现实。一切兑现了你良好的诺言,皆大欢喜。你为父母争了气,为所有的亲友争了气,为家乡争了光。大家为你高兴,为你骄傲,为你自豪!如今在我们自然村,建国40多年来出了第一个大学生〔解放前,也是我们房一个爷爷,叫李华,读黄埔军校(国民党)〕。我可以这样说,有你这样的争气的好儿,使我壮胆,使我志高气昂,也使我高人一等,因为我〈们〉现在是一个军官的爸爸、妈妈了。

争气的好儿,如今你能如愿以偿,跨〈入〉了军校的校门,这在你人生的道路上是一个很大的转折,然而,需你作出的努力,将会更高更严。父母希望你更加百倍努力,走向未来,面向世界,攀登尖端科学高峰,而盼佳音。

家中于7月22日收到你的电讯。爸第二天清晨去县里,叫胡舅电汇300元(因为要到8点上班),不知收到否?另外,风村向阳茂家细叔叔也拿100元给你。目前家中饭店①经济非常紧张,每月需要3000余元的支出,难以周转,往后再寄出。如果万一有困难,写信再叫家中寄出。你自己看着办,千万不要太低于人一等,再紧张,再想办法,慢慢来。

明天就是八月十五团圆节,让我们全家带着你的喜讯共庆佳节。家中准备八月十六把亲戚及房族会集〈到一起〉庆贺。许多亲友要贺喜,目前我不知怎么办才好,因为经济压力大,一搞就是2000多元。如果再搞点贷款再看。

---

① 家中饭店,指家里为了缓解经济紧张所开的小吃部。

妈妈叫裙子暂不要买。在饭店也不便用，经济也不行。另外，在学校生活等各方面都不要太寒酸，被〔避〕免别人看不起。

光荣的爸妈

92.9.10.

家书背景

　　此处所收录的两封家书都是在老家的父母亲写给当兵的儿子的，现藏于中国人民大学家书博物馆。

　　收信人李谦，1971年6月出生在江西省九江市湖口县一个普通的农民家庭，1990年参军入伍，在军营生活18年，曾任驻津空军某部政治部少校宣传干事。2008年转业到天津市委宣传部工作。

　　从军期间，李谦一直坚持以家书的形式与爸妈交流，告诉他们自己的想法、愿望、成绩、委屈、挫折，告诉他们自己在部队的一切，哪怕是有了一点进步。李谦珍藏着父亲写来的80余封家书，在家书中，父亲千叮咛，万嘱咐，语重心长，恨不能将他所知道的、所经历的、所拥有的，全都写到信里，好让儿子迅速成熟起来。正是这些家书，照亮了儿子的心灵，激励儿子一步步实现人生的理想。

　　1992年9月，李谦考入空军工程大学（原空军导弹学院）。当爸妈知道这个消息后，立即给他写了一封回信，也就是上面的第二封家书，那种高兴与自豪都表现在里面了。

　　李谦没有忘记爸妈的教导，积极争取上进。在校期间，荣立过一次三等功；2001年被部队评为"学雷锋先进个人"；2002年被评为优秀党务工作者；2003年在北京军区空军组织的"三赛两评"竞赛中荣获三等奖。先后被天津师范大学附属小学、天津市滨湖中学特聘为校外辅导员。

争气的好儿

239

人不可能生活在真空

1994年6月21日、1997年1月26日 何显斌与女儿何金慧互通家书

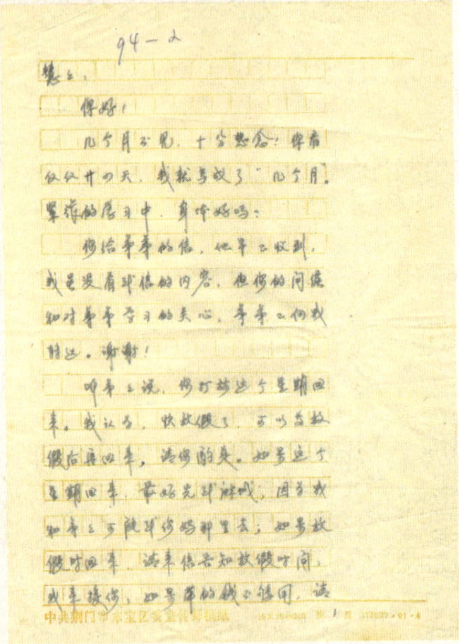

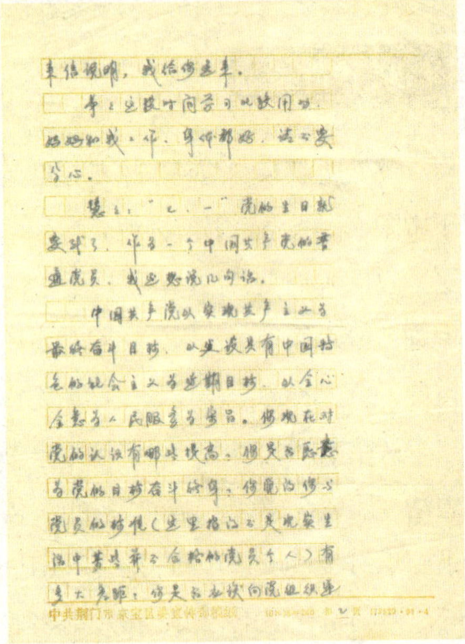

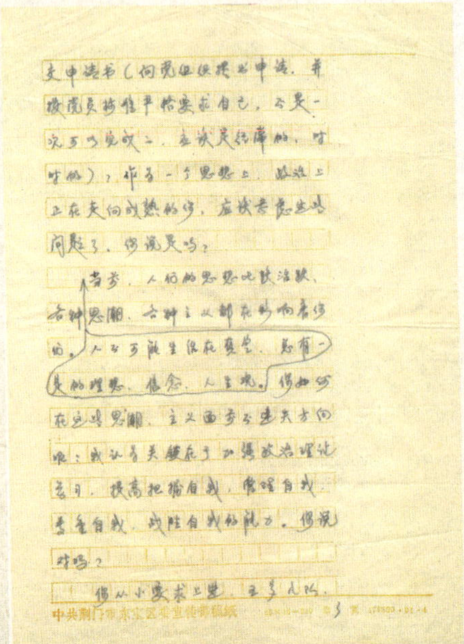

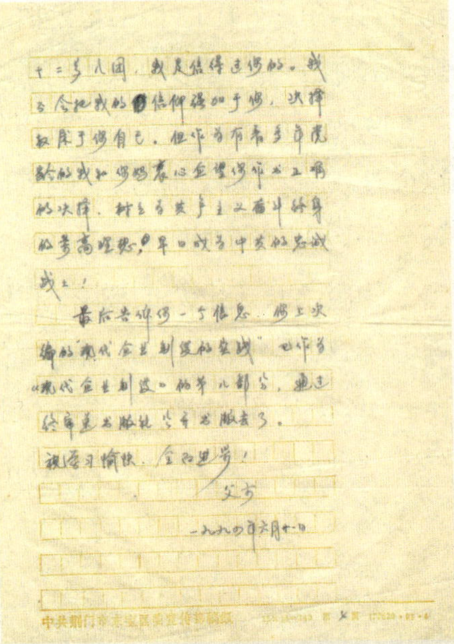

家书原文

慧慧：

你好！几个月不见，十分想念！你看仅仅廿四天，我就写成了"几个月"。紧张的学习中，身体好吗？

你给弟弟的信，他早已收到，我虽没看到信的内容，但你的问候和对弟弟学习的关心，弟弟已向我转达。谢谢！

听弟弟说，你打算这个星期回来。我认为，快放假了，可以等放假后再回来，请你酌定。如果这个星期回来，最好先到麻城，因为我和弟弟可能到你妈那里去；如果放假时回来，请来信告知放假时间，我来接你；如果带的钱不够用，请来信说明，我给你送过来。

人不可能生活在真空

弟弟这段时间学习比较用功，妈妈和我工作、身体都好，请不要分心。

慧慧，"七一"党的生日就要到了，作为一个中国共产党的普通党员，我还想说几句话。

中国共产党以实现共产主义为最终奋斗目标，以建设具有中国特色的社会主义为近期目标，以全心全意为人民服务为宗旨。你现在对党的认识有哪些提高？你是否愿意为党的目标奋斗终身？你觉得你与党员的标准（这里指的不是现实生活中某些并不合格的党员个人）有多大差距？你是否应该向党组织递交申请书（向党组织提出申请，并按党员标准严格要求自己，不是一次可以完成的，应该是经常的、时时的）？作为一个思想上、政治上正在走向成熟的你，应该考虑这些问题了，你说是吗？

人不可能生活在真空，总有一定的理想、信念、人生观。当前，人们的思想比较活跃，各种思潮、各种主义都在影响着你们。你如何在这些思潮、主义面前不迷失方向呢？我认为关键在于加强政治理论学习，提高把握自我、管理自我、尊重自我、战胜自我的能力，你说对吗？

你从小要求上进，五岁入队，十二岁入团，我是信得过你的。我不会把我的信念强加

▲ 何金慧军训时留影

▲ 何金慧（前排左）与家人合影，摄于2000年春节

于你，抉择权属于你自己，但作为有着多年党龄的我和你妈衷心企望你做出正确的抉择，树立为共产主义奋斗终身〔生〕的崇高理想，早日成为中共的忠诚战士！

最后告诉你一个信息，你上次编的"现代企业制度的实践"已作为《建立现代企业制度》的第八部分，通过终审送出版社公开出版去了。

祝学习愉快，全面进步！

父 示
一九九四年六月廿一日

亲爱的爸爸、妈妈：

在课间休息写信，只好用这种纸了。

我想您们不必为我的学业担心了，因为我有一种有内容的信心，既不同于以前的狂妄，又不同于去年的〈因〉自尊的变态而自卑。并且我已感觉到了对物理的兴趣正迅速萌芽，它让我随时

人不可能生活在真空

243

▲ 何金慧（前排右）与湖北师范学院（今为湖北师范大学）学通社的同学合影

▲ 何金慧，2001年1月摄于北京

处在一种兴奋之中。

寒假的时候我曾制定过繁重的学习计划，但是由于环境的影响没有完全实现，但如今看来就像蚕蜕皮一样，我已经很好地完成了心理的调整与人格的重建。可谓是"磨刀不误砍柴功〔工〕"。我惊喜地接受自己18岁时对一切的变化，同时也深深地认识到为什么18岁标志着成人。

有一本书《人性的优点》将我从无源的忧虑中解脱出来，而寒假时间目之所触的各种文学、政治类的书籍将我对人生的思考引向深入。邓小平同志的逝世以及全家人所表现出的热爱与悲痛至今仍浮现在眼前，追悼会实况直播时我的眼泪不住地流下来，当江总书记哽咽时我几乎到了不能自己的地步。入党申请书已经写了。和一代伟人相比，我太渺小、肤浅，所言所论尚在鸡毛蒜皮之中，同样的时代与并不相去甚远的智力却能产生不同的人生价值，我想与无私有关系，三起三落，他丝毫没有考虑个人，无论平民抑或是囚徒，他总是心系祖国。以前我曾对父亲为什么不想继续升官，以及对弟弟种种坚决拒礼的行动想不通，但是现在知道就像爸爸说的那样，哪里能更好地工作、发挥作用就应在哪里。可惜的是这样的人越来越少了。

人们曾刻意追求教养、礼貌、微笑等，是为自己制造一种良好的心境，或者是有一种好的地位和收入。其实我们虽然不一定具备高瞻远瞩及把握大局的魄力，不一定能成为伟人，但是只要我们对工作、学习高度负责，对事业无限忠诚，自然而然就在勤奋的跋涉中找到了成功的快乐，而过程中的一切得与失就不足挂齿。

我想爸爸说他能把一切干好，和妈妈总是白手起家，正是因为这一点，您们是不愧于党及我们家的毛主席的。因此可以说责任产生兴趣，而你的兴趣所在，就是你的能力所在，所以我们完全可以把自己的生命之火燃得更亮些，更旺些。

就写到这儿，一泻而出，字迹潦草。

恭祝妈妈节日愉快，开一个绝好的盛宴。

此致

敬礼

慧

97.1〔2〕.26.

另外，部分分数已知：力学73分，机械制图96分，体育80分。力学虽然不算低，但学得不扎实、不变通，任务仍然艰巨。

家书背景

这里收录的是何显斌与女儿何金慧互通的两封家书。当时，女儿就读沙洋师范学校，在"七一"党的生日即将到来之际，父亲作为一个党员谈了自己对党的认识，认为一个人要有思想追求，提示她应该考虑入党问题了。1997年2月19日，邓小平逝世，对何金慧震动特别大，悲痛之中她感到了一种责任、一种使命。2月23日，她写下了入党申请书。第二天她把入党申请书郑重地交给了辅导员。在写给父亲的信中，她介绍了自己思想变化的过程。

1998年7月1日，何金慧站在党旗下，庄严宣誓，成为了一名中国共产党党员。在她的建议下，家里三个党员组成了一个家庭党支部。在金慧去世后，父母连续4年，坚持每年为她缴纳1 000元的党费，以此来延续她的政治生命。

何金慧，1979年出生于湖北省荆门市沙洋县沈集镇彭堰村的一个普通农民家庭。1984年发蒙于彭堰村办小学，后就读于沈集中心小学、麻城中心小学、麻城中学，年年被评为"三好学生"，是荆门市优秀学生干部。1993年入沙洋师范高等专科学校普师班就读，是沙洋师范"十佳学生"。1996年保送到湖北师范学院物理系就读，是黄石市"三好学生"、湖北师院"2000年优秀毕业生"。2000年考入南京大学哲学系攻读硕士学位。

▲ 何显斌（右）在团风中学与聋人张俊杰用笔交流，帮助他鼓足高考勇气，摄于2006年

虽然她是一个没学过高中数、理、化和英语的中师生，但大学四年里，在历任系学生会宣传股长和主席、院报记者、院台编辑、学通社社长等多种兼职的情况下，却实现了她入学初的目标：中文强于中文专业学生（自修完汉语言文学本科课程，经

常发表文章、通讯且多次获奖），外语强于外语专业学生（英语六级高分通过，研究生入学考试获83分；德语也已入门），物理出类拔萃（是湖北师范学院物理系2000年唯一的"优秀毕业生"），成为一名共产党员，考上名牌大学的研究生。

令人痛惜的是，2001年1月24日（农历大年初一），年仅22岁的何金慧在家中洗浴时，不幸煤气中毒离世。2月6日，南京大学哲学系追授何金慧为"优秀研究生"。

何金慧去世后，留下了数百封书信、几十本日记。何显斌认为，女儿所留下的这些文字可以给青少年及其家长有益的启示，是研究青少年成长规律的最原始、最真实的个案资料。研究、传播爱女的精神，也是对金慧最好的纪念。金慧去世后，何显斌主动从荆门市东宝区教委主任的领导岗位上退了下来，到何金慧曾经工作过的象山小学担任党支部书记，闲暇潜心研究爱女的遗稿。

何显斌发起成立了以女儿名字命名的还本助学基金和"何金慧青少年教育促进会"。十多年来，应邀到大、中、小学做励志报告400余场，用何金慧的成长故事感动了十余万青少年；用书信、电话、电子邮件、手机短信与数千名青少年及其家长进行了倾听倾诉恳谈，收获了上千个"女儿"；开办了"教子有方俱乐部"，随时为学生家长排解忧愁；挽救了600多名"网瘾少年"；创办了"晓荷体验教育中心"，用何金慧成长精神，引导青少年养成良好的体验和认知习惯，掌握正确的学习和成长方法；资助90余名贫困学生完成了学业；创办了"金慧故里老来乐"服务队，照顾十多位孤寡和空巢老人，提供免费午餐，陪老人读书聊天。

饮水不忘挖井人

1997年6月10日 彭攀桂致儿子彭朝阳、儿媳吴晓东

家书原文

安安①、晓东②：

您俩好！

香港很快就要回归祖国了。爸妈和全国人民一样，心情越来

---

① 安安，即写信人的长子彭朝阳。
② 晓东，即吴晓东，彭朝阳的妻子。

越激动。高兴之余，特意给您们写这封信。

　　当您俩接到这封信时，香港回归的日子只几天了。她的回归是中国历史上的盛事，也是世界历史上的盛事，值得庆贺。到时，中央电视台将向全世界现场直播政权交接仪式。全世界三分之二的国家都收看到盛况的电视直播。您俩一个在美国，一个在澳大利亚，两地都是可收视到的方位。您俩要好好收看，振奋精神，激发爱国心，增强报国志。

　　香港回归是邓小平"一国两制"构想的功劳，更是祖国强大，中国在国际上的地位、威望越来越高的结果。国穷无外交，国穷挨打，中国受外国随意欺侮的时代一去不复返了，中国是顶天立地的中国，中国人是堂堂正正的中国人。炎黄子孙在异国他乡，强大的祖国是他们的坚强后盾。每一个炎黄子孙都有建设强大祖国义不容辞的责任。每一个中国人，为祖国的兴旺，都应从我做起，各自负起责任来。海内外的十二三亿炎黄子孙都奋起，这股力量可了不得，势不可挡，最大的困难能战胜，天塌下来也能顶住。何愁国家不富强！

　　安安、晓东，您俩是国外学习了多年，还都是博士。可以说有了报效祖国的条件。要记住：是祖国把您俩培养成才的。要是没有祖国的强大，没有改革开放的政策，您俩是难上大学的，更难出国留学攻学位的。饮水不忘挖井人。您俩要把回报祖国，当作终身志向。

　　顺致
平安！

父 字

1997年6月10日

饮水不忘挖井人

图说
红色家书

　　1997年7月1日香港回归中国，是全球瞩目的大事，也是全中国人民的大喜事。香港重新回到祖国的怀抱，反映了中国的强大和邓小平"一国两制"政策的成功。祖国强大又是海外华侨最为盼望的，所以香港回归这件事对华侨家庭来说就更为重要了。

　　在七一回归前，江西安福县的老党员彭攀桂写信给在国外的儿子和儿媳，提醒他们一定要注意收看电视转播，时刻不要忘了自己是一个中国人，学成以后要报效祖国。

　　彭攀桂的长子彭朝阳，1961年生于江西省安福县，1985年出国留学，1992年在澳大利亚获经济学博士学位。1996年入美国普林斯顿大学威尔逊学院学习。后进入联合国工作，担任世界银行东亚局总顾问。彭朝阳的夫人吴晓东，1967年生于北京，北京大学数学系毕业后留学澳大利亚和美国普林斯顿大学，获经济学博士学位，随后被聘为北卡罗来纳州立大学终身教授。

　　彭朝阳夫妇在国外生活多年，但他俩始终是旅外华人，是只拿绿卡的堂堂正正的中国人。他们的女儿是在美国出生的，属美籍华人。孩子虽说是在美国出生的，但夫妻俩下决心，一定要让孩子和父母一样，记住："我是中国人！"孩子从小就学说中国话，写方块字，知中华民族礼仪道德。夫妻俩每次回国再返美时，一定要带上中文书、中国玩具给孩子。现在孩子能

▲ 吴晓东（右）获得经济学博士学位时与彭朝阳合影，摄于1999年

250

▲ 彭朝阳（左三）、吴晓东（左二）与家人合影，摄于1995年

说一口流利的中国话，能写一手漂亮的方块字，连穿衣服都是中国打扮。家里有文房四宝、《三字经》、《百家姓》、《弟子规》等，他们要让孩子接受中国的传统文化。

2010年春节前，彭朝阳从美国回来看望父母。当看到印有他们家书的图书《打开尘封的记忆——中国民间手写家书展图录》（中国人民大学出版社，2009）时，非常兴奋。他反复阅读了父亲写给他的这封家书，又花了几天时间阅读了全书，感到深受鼓舞，说自己身为炎黄子孙，绝不能忘了父母亲情，更不能忘了祖国，要尽最大的努力来回报国家。

彭朝阳是在故乡出生、故乡长大的，还曾以知识青年身份回乡劳动锻炼两年，与乡亲们结下不解之缘。后离开家乡上大学，尤其他出国留学前，专程回到老家与乡亲们告别。离家那天早上，全村上百户人家，每户都点响长长的鞭炮为他送行，此时此景让彭朝阳永世不忘，他也立志要为家乡做点力所能及的事。近几年来，村里通电话、装电灯、接自来水、兴水利、修公路，彭朝阳每次都捐款相助，默默地回报着乡亲。

饮水不忘挖井人

彭朝阳受吉安市政府邀约，利用出差回国的机会，为市里副县级以上的领导做经济学术讲座；欣然接受市政府的邀请，担任吉安市政府经济改革委员会名誉主席；为山东省新建日照市与国际接轨，到日照考察，争取到了世界银行的低息贷款；多次回国为北方的沙尘、为湖南湘西的冻雨、为广西和云南的环保做调研，争得世行的支持。

▲ 彭朝阳获得澳大利亚阿德莱德大学经济学博士学位，摄于1992年4月

精神黄金给人幸福

1998年12月17日、30日 童思钦与父亲童中崃互通家书

家书原文

爸、妈及全家人：

　　你们好！

　　今天是我到部队的第二天，不要挂念我，我很好，这里的同志们都很亲热。

　　训练是辛苦的，一练就是几个钟头，真是受不了，不过我会慢慢习惯的。

　　我们这个部队很大，就一个团，有一两万人，有很多汽车坦克。这都是听说的，要等我们三个月新训后才可接触到那些东西。

　　我们部队周围全是山，离城里不远，才十来公里。西湖离我们也没多远，三个月后我们就可以出去玩了。到时候，我到西湖那边照点相片寄过去。好了，时间紧张，下次再谈吧！对了，向七叔全家问好，还请向刘爷爷、刘叔叔他们问好！好了，再谈。

儿：思钦
98.12.17.①

附：把照片寄过来，记住。

思钦：

　　你好！

　　见到你的来信，我们非常欣慰。自从你十二月十四日走后，你母亲就掐着指头算着，你走了多少天了？对待你的回音，我们的确望眼欲穿。每当家中长途电话铃声一响，你母亲总是说：

---

①这是童思钦入伍后写给家里的第一封信。

"哟，这下可能是大儿的电话……。"

今天收到了你的来信，我们就放心多了。你信中说："部队首长、战友们都很亲热，你〔我〕也会慢慢地习惯部队生活。"这很好，应该是这样。部队是祖国的钢铁长城，应该有她铁的纪律，部队更是一所培养人的大学堂，是锻炼青年人意志的大熔炉。在部队，只要能遵守部队纪律，能从严要求自己，就能学到在社会上无法学到的知识、本领，就能得到在社会上无法得到的品德、情操，就能享受到在社会上无法享受到的精神生活。

在家时，我原来曾与你谈过一个观点，"一个有志青年就应该有一个远大的理想，要有一个宏大的报〔抱〕负，要有一个正确的人生观……"要用正确的眼光看待社会，要用正确的态度对待现实，要用积极的态度来对待人生。

部队在某种意义上来说，也与社会可能有相同之处，那就要看你以怎么样的态度、观点来对待。在社会上以积极的和乐观的态度来看待、评价社会，那社会很好，甚至可以说要多好，有多好。如果一个人以消极的态度来对待、评价社会，社会在他眼里就可能很坏，也甚至于可以说，要多坏，就有多坏。这种现象，不论哪种社会制度都一样。无论是社会主义，还是资本主义，其实都不坏，关键是要看你怎么对待，怎么处理。用怎么样的态度、观点来对待，就会有怎么样的结果。

有人说："当兵非常苦，部队像监狱一样，当兵是损误自己的青春，当兵最不合算……。"持这种观点的人，曾和你谈过话。当然，从某种意义上来讲，他也是对你的一种"关心"。这种人，你以后也可能会看到，他们到头来究竟会有多大的出息？这种人，在人生的道路上能有多大建树？这种人，不是一条龙，只能算一条虫，一条可怜的虫。

精神黄金给人幸福

一个人不愿吃苦，不愿奉献，不愿付出，不愿奋斗，只求安逸，只求得到，只求享受，能有这个可能吗？回答是肯〔否〕定的——不可能。这种人，他永远要吃亏，他永远也难得到。他的这种想法，只能适得其反。请记住，"不怕吃苦的人，苦半辈子，怕吃苦的人，苦一辈子"。

儿：你在部队，望你能经常回忆为父之教诲，千万不要怕付出，听首长的话，善待每一个与你打交道的人。在部队付出越多，对你将来越好。你付出的是汗水，是青春，你得到的将是精神黄金——正确的人生观，坚强的意志，过硬的本领。一个人只要真正的拥有了这种精神黄金，日后在自己漫长的人生征程中，是不愁自己的社会适应能力的，这种精神黄金，比实物黄金重要得多，实用得多。实物黄金只能给予人的富有，这种精神黄金能给予人的幸福。

以上这些观点，望能细细品味，深刻理解其含意〔义〕，能真正从你的灵魂深处认识到这一点。那么，你到部队会很顺心，也能妥善地处理好人际关系，也会成为一个有建树的人，也会成为党、成为祖国、成为人民所需要的有用之材。

在此，将那天送你入伍时的纪念照片寄给你一张，希你能和你的同学、朋友共同勉励、共同进步，在各自的岗位上，朝着自己的奋斗目标去努力，去拼搏。

写到这里，我也没有什么礼物寄送给你，但想起了一个忘年之交老朋友对我所说的一句话："你生养他们，教育他们的责任已尽，而你给他们最好的礼物是一对翅膀"。愿你凭着这对翅膀，在部队这个广阔的天空中展翅翱翔吧！

最后，代我向汉寿籍的战士问好，同时也向所有关心、培养你们的首长和其他战友们问好，顺祝他们学习进步、工作顺利、万事如意。预祝在世纪之交新的一年里，取得新的成绩，向澳门回归祖国献礼。

　　此致

爸爸、妈妈

九八年十二月三十日^①

（你和汉寿哪些人在一起？请下次来信告知。）

家书背景

　　"子不教，父之过。"这句千古名言道出了父母在子女教育方面的责任。在儿子当兵期间，童中崃和儿子相约平均每月互通一封家书，交流双方的情况。儿子在工作或思想上遇到什么问题，就向爸爸请教，爸爸则发挥博览群书的优势，给儿子补充丰富的思想营养。此处收录的两封家书，是从他们所保留的50余封父子通信中选出来的。

▲ 童中崃

▲ 童思钦，摄于1999年春

---

①这是童中崃在儿子入伍后写的第一封家书。

童思钦，1981年生于湖南省汉寿县沧港镇软纳桥村。1997年初中毕业。1998年应征入伍。在中国人民解放军驻杭州某部队服役。其间，他严格要求自己，刻苦训练、积极上进，在汉寿县同期的新兵中首先入党，率先被评为优秀士兵。2000年退伍后，当过保安、工人。2001年在广州某物流公司务工，从业务员被提升为分公司经理。2005年在北京对外经济贸易大学电子商务系学习，后在江苏某物流企业工作。

家书作者童中嵘，1956年7月出生，1973年高中毕业后，在家乡务农。从1976年起，任生产队长。后来，任多年村干部。1989年，在汉寿县沧港镇财政所任职。从1995年起在当地从事土地管理工作。2004年底，在县国土系统内退。

有人说，部队是一个大熔炉，当两年兵等于上半个大学。也有人说，当兵非常苦，等于耽误青春。湖南青年童思钦用自己的行动证实，两年的部队生活给了他终生也享用不完的"精神黄金"，多彩的军旅生涯成为他今后事业发展的基石。然而送给童思钦"精神黄金"的除了部队，还有他的父亲。别看这位父亲只有高中学历，可他有教子的法宝，在儿子成长的每一个重要关头，他都会通过家书送上一个最好的礼物：一对翅膀。

努力当个好兵

2002年1月6日 杨进群致儿子杨春阳

吾儿春阳：

现在，你一切都好吗？

你在去年12月23日写的信，今年元月4日上午我已收到，望勿惦念！

▲ 杨进群与儿子合影，2004年8月摄于新疆某边防哨所

▲ 杨春阳英姿，摄于2002年

从你的来信里，得知近期你的生活、学习、身体等方面都很好，以及你对西北新疆的气候、环境也基本适应而且还没有不良反映〔应〕的消息后，我和你妈妈感到非常高兴。好男儿有志走四方，到了哪儿都一样。儿子，你真是好样的！

不过，老爸我还是要提醒你注意一点，毕竟你是一名刚从内地到西北的新兵，要完全适应那里的恶劣气候和环境，确实还待〔得〕一段时间。所以，一早一晚的你要穿得暖一些，如果一旦有冻疮和患感冒的迹象出现，你要及时去治疗，尽早把它们消灭掉。

当兵不是为了打仗，但是为了准备打仗。信里获悉，你们新兵的军事训练即将开始。作为军人首先必须具有敢打、能打、会打的军事素质。因此，面对即将开始的艰苦训练，别人不怕，老爸相信我的儿子你也会不怕，而且在训练中你还会率先垂范，走在你战友们的前面。

最近，我从一本杂志上读到一篇《悲壮的九分钟》纪实文学作品。文章讲的是，在抗美援朝的战争中，36名空军战士，为了祖国领土不受外国侵略者的践踏，为了新中国人民的安危，他们视死如归的故事。

"生命诚可贵，爱情价更高。若为自由故，二者皆可抛。"这几十名同志，你的战友们，年龄最大的24岁，最小的与你现在的年龄一样，才19岁。多么美好的青春年华！在和平、幸福的今天，他们可以努力学习、工作，去探讨爱情，去实现人生最美好的理想。然而，他们这些祖国人民的热血男儿

▲ 杨进群参加武汉双拥表彰会，摄于2005年1月

却牺牲在异国他乡，只有5人荣归故里，回到了母亲的怀抱……儿子，让我们永远记住这些年轻的英烈吧！

你被感动了吗？想知道那些英烈们是怎样度过那悲壮的时刻吗？欲知详情，认真阅读随信寄去的《悲壮的九分钟》的故事后，你就会了。对了，还有《活捉座山雕的真实经过》等资料趣味性也很强，别忘了学习哟。我想，这些资料对你的学习提高、军事训练一定会有所帮助的。

好了，今天父子俩就叙谈到这里。如果近期内训练紧张，时间不允许的话，写信的事就暂时放一放，集中精力去搞好学习和军事训练，争先创优，努力当个好兵。

父 字

2002年元月6日

努力当个好兵

家书背景

杨进群，1951年生，湖北省枣阳市七方镇中心小学教师，中共党员。

2001年，杨进群的独子杨春阳高中毕业后，怀着对军人无比崇敬的心情，毅然放弃报考大学的机会，在父母的大力支持下，入伍到边关，光荣地成为一名边防战士，圆了"军人梦"。在新兵营里，他荣获了嘉奖，实现了他的第一个愿望，为他的军旅生活写上了浓墨重彩的第一笔。

杨进群主动配合部队，教子育兵，十年间为儿子和部队官兵办《希望小报》107期，写家书1701封，帮助儿子及其战友们正确对待艰苦环境，正确对待从军路上的坎坷，安心戍边报国。

杨进群不仅矢志励子卫国戍边，而且还尽心教子立身做人。2002年5月，杨春阳实现了第二个愿望，当上了一班副班长，工作上更加积极肯

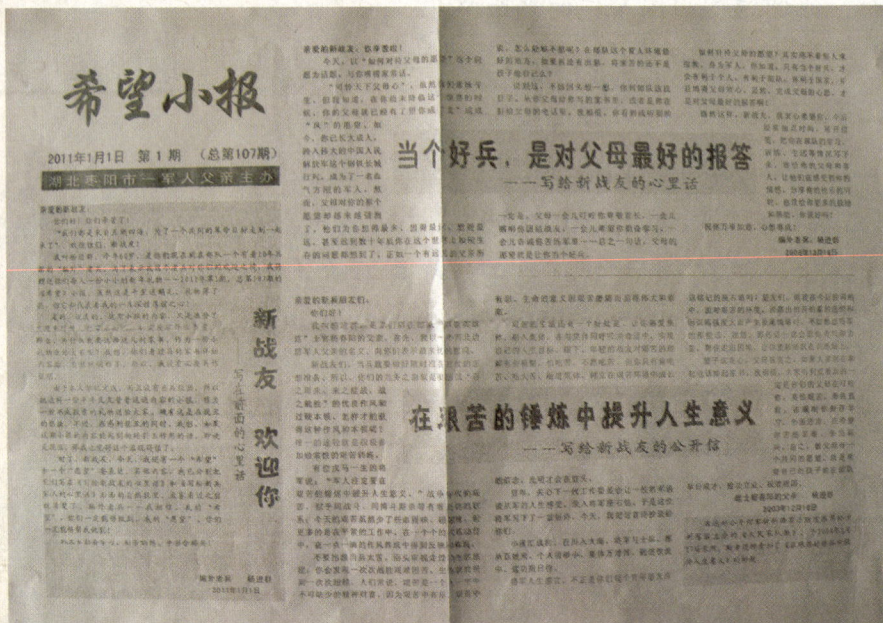

▲《希望小报》

干。然而，现实却又跟他开了一个小小的玩笑。由于管理经验不足，分内工作常出现差错，连队党支部决定"暂停其副班长职务"。尽管连队干部及时对他做了工作，但他的情绪仍不免有些低落。

杨进群及时地给儿子写去了一封满怀父爱的家书，配合部队做好儿子的思想工作。在父亲的开导鼓励以及连队干部的教育帮助下，杨春阳很快走出了困境，重新活跃在训练场上。2002年11月，杨春阳以过硬的军事素质被推荐到教导队参加集训，又当上了新兵班副班长。

得到消息后，杨进群立即又给儿子写去一封富有激励性的家书，要求他百尺竿头，更进一步。在部队首长的教育和父亲的鼓励下，集训结束时，杨春阳不仅获得"优秀四会教练员"的荣誉，而且还被正式任命为四班班长。

杨春阳有个最迫切的愿望就是加入中国共产党。为了实现这个愿望，他确实付出了很多。终于在他参军入伍第144天，他被连党支部推选为"入党积极分子"。在6名"入党积极分子"中，他是唯一的新兵。但由于指标有限，入党的机遇擦肩而过。杨进群连续给儿子写了两封信，对他进行安慰和启发。

第一封信，杨进群有意避开儿子的情绪问题不谈，而是同他讨论如何再写入党申请书的问题。同时，他还拟写了一篇入党申请书的例文，供儿子再次写申请书时作参考。

第二封信，杨进群用一篇题为《一个共产党员的自豪》的演讲辞来鼓励儿子。该文作者杨铁军是一个地方大学生，入伍后，他努力争取首先从思想上入党，主动承担最危险、最艰苦的工作，处处以身作则，表现出色，最终被吸收加入了党组织。杨进群还引用了某部一名党员队长因执行重大任务耽误了患尿毒症妻子换肾的机会，以及对越自卫反击战中一名预备党员、一名普通战士为救一个军校实习生各自丢掉了一条腿的事例，来说明共产党员总是和困苦、奉献、牺牲联系在一起的，以此来端正儿子的入党态度。

努力当个好兵

　　杨春阳接到家信后深受震动。2002年9月下旬，他又向连队党支部写了入党申请书，并且表示了忠贞不渝心向党、执著追求不动摇的决心，要以实际行动争取早日成为一名真正合格的共产党员。2004年8月1日，由于出色的表现，杨春阳终于实现了他梦寐以求的入党愿望。

　　杨春阳在部队表现出色，2003年12月，他作为优秀班长和士兵骨干，被光荣地选为士官留在了部队。2004年和2005年，两次荣立三等功，2006年7月，被边防团推荐到西安陆军学院学习深造。2008年7月毕业后，他再次申请到边防一线，继续卫国戍边。

　　在鸿雁传书教育鼓励儿子的同时，杨进群还捧出自己的真心，像关爱自己的儿子一样，时时刻刻地关心、帮助儿子的战友们。十几年来，他给儿子所在连队、班里的战友们写了许多"公开信"，用心启发和鼓励他们认真学习、刻苦训练，正确处理工作和生活中的各种问题，做合格的边防卫士。儿子所在边防团聘他为"编外政治指导员"，他的书信也被团里正式列为"士兵教材"。同时，为了消除官兵们在训练中的紧张心理，他用

▲ 杨春阳与父亲杨进群在新疆某边防哨所界碑前合影，摄于2004年8月

"书信旅游"的形式，3次寄去剪辑的5 000多字、30余幅景点照片资料，向官兵们介绍家乡新貌。此外，杨进群还利用《希望小报》，摘抄一些幽默笑话、谜语、脑筋急转弯等，供战士们在训练间隙传阅，为酷暑中紧张训练的官兵们带去了乐趣。

2005年7月，杨进群被全国双拥工作领导小组等单位评为"全国军民共建社会主义精神文明先进个人"。2007年8月1日，他光荣地出席了庆祝中国人民解放军建军80周年暨全军英雄模范代表大会，受到胡锦涛总书记等党和国家领导人的亲切接见，并合影留念。

保护文化遗产　弘扬亲情文化

征集家书、日记、回忆录

一、征集范围

1. 家人、亲友之间的通信，包括信纸和信封。字数不限，年代不限，地域不限。

2. 日记、笔记、手稿、回忆录、传记、家谱、族谱、家史等非官方资料。

3. 申请书、报告书、证书、照片、礼单、账本、契约、字据等私人档案。

二、征集用途及捐赠者权益

☆我们欢迎无偿捐献原件，复印件也可以，具有一定文化价值的应征家书等均作为国家文化遗产由中国人民大学家书博物馆正式收藏，同时为捐献者颁发荣誉证书。您也可以与我们签订寄存协议，把家书档案寄存在我馆。

☆我们将严格遵守国家相关规定，切实保护捐赠者和寄存者的应有权益，比如，所有应征家书、日记、回忆录等的著作权归原作者所有；对家书资料较为丰富的捐献者，可建立实物和电子版人物全宗档案；捐赠者对捐献的家书等资料，享有优先利用权，并可以对其中不宜公开的部分提出限制利用的意见。

☆征集单位将从捐赠的文献中整理出版中国民间家书系列、民间日记系列、民间回忆录系列丛书，被选中者将获得相应稿酬和免费样书。

☆具有一定文化价值的家书文献，将有机会参加家书展览和家书文化论坛。

三、注意事项

1. 邮寄之前，请附上家书所有者是否同意捐赠及家书作者是否同意公开发表的书面意见，并请把家书相关背景和照片一并寄来。

2. 如果不同意发表时署真名，或有其他意见，敬请在来信中写明。

3. 来函敬请注明您的通信地址、邮编、联系电话，以便我们与您联系。

四、联络方式

征集地址：北京市海淀区中关村大街59号中国人民大学家书博物馆

邮政编码：100872

征集热线：010-88616101　62510365　　传真：010-88616101

联系人：张颖杰

电子邮箱：jiashuchina@vip.sina.com　　jiashuchina@sohu.com

中国家书网：www.jiashu.org　　微信平台：ourletters

法律顾问：陈茂云律师

中国人民大学家书博物馆

中国人民大学家书文化研究中心

抢救民间家书项目组委会

二〇一六年七月十日

图书在版编目（CIP）数据

图说红色家书/张丁编著. —北京：中国人民大学出版社，2016.8
ISBN 978-7-300-23140-2

Ⅰ.①图… Ⅱ.①张… Ⅲ.①书信集-中国-现代②书信集－中国－当代
Ⅳ.①I266.5 ②I267.5

中国版本图书馆 CIP 数据核字（2016）第 163698 号

图说红色家书

张　丁　编著

Tushuo Hongse Jiashu

出版发行	中国人民大学出版社		邮政编码	100080
社　　址	北京中关村大街 31 号		010－62511770（质管部）	
电　　话	010－62511242（总编室）		010－62514148（门市部）	
	010－82501766（邮购部）		010－62515275（盗版举报）	
	010－62515195（发行公司）			
网　　址	http://www.crup.com.cn			
经　　销	新华书店			
印　　刷	天津画中画印刷有限公司			
规　　格	170 mm×240 mm　16 开本		版　　次	2016 年 8 月第 1 版
印　　张	17.25 插页 2		印　　次	2022 年 12 月第 11 次印刷
字　　数	226 000		定　　价	68.00 元